사
포
같은 여자

손영란
지음

사
포
같
은
여
자

바른북스

나의 첫사랑 P에게 헌정함

작가의 말

나는 애초에 시집을 엮을 생각이 없었다.

그러나 아이러니하게도 출판기념회는 하고 싶었다.

출판기념회를 하려면 책을 내야 한다는 사실을 뒤늦게 깨달았다.

오래 묵힌 시들을 찾아내어 먼지를 털어 내놓는다.

부끄럽다는 말은 하지 않겠다.

부끄러움은 애초에 나의 몫이므로.

목차

작가의 말

작가 후기

1부

선물

어느 봄날의 빌라 팜필리

새싹은 움터 나와도 좋을지 몰라
살며시 고개를 들고
바람은 불어도 좋을지 몰라
슬그머니 이마를 간질이고
시냇물은 흘러도 좋을지 몰라
조용히 졸졸졸 흐르고
새들은 날아도 좋을지 몰라
종종종 뛰어다니고
연인들은 사랑해도 좋을지 몰라
가만히 어깨들을 맞대고 있네

별것 아닌 것을 그리워함

내가 생각하는 생활의 격이란 별것 아니다
때맞춰 뜨거운 물에 목욕할 수 있고
갓 구운 빵을 커피와 함께 먹는 것이며
아침에 가끔씩 모차르트를 듣고
매일 아침 배달된 신문을 읽는 것이다
버스를 타도 좋으나 어쩌다 한 번씩은 차를 혼자
모는 것이다. 구겨진 옷이 아니라
깨끗이 다린 옷을 입고 돈은 반듯하게 펴서
지갑에 가지런히 넣는 것이다. 아무것도 하기
싫은 날은 음식을 시켜 먹을 수 있어야 하며
가끔씩은 집 안이 환해지도록 꽃을 사는 것이다
나는 정말 별것 아닌 것을 그리워한다

첫 키스의 추억

입술이 입술과 만나는 것을
남들은 키스라고 하더군
나의 입술이 그대의 입술에 처음으로 닿았을 때
그 아득하고 까마득한 거리를 극복하고
떨리는 입술끼리 서로 부딪쳤을 때
나는 그것을 무엇이라고 불러야 하나
나는 그대의 얼굴을 보게 될까 두려워
입술을 뗄 수 없었지
그렇게 어쩔 줄 모르고 망설이고 있을 때
거짓말처럼 비가 내렸어
아마 죽을 때까지 잊지 못할걸
그때 내 이마에 떨어지던 서늘한 빗방울의 감촉을
아, 나는 그것을 무엇이라고 불러야 하나
그렇군, 남들은 그것을
첫 키스의 추억이라고 하는군

선물

세상에서 내가 받은
가장 큰 선물은
너의 떨리던 심장소리
쿵쾅거리던 그 소리
내일이면 시들어버릴 한 묶음 꽃다발도 아니고
프랑스풍 멋진 저녁식사는 더더욱 아니고
혹시 그렇다고 생각했을지도 모르겠지만
문 앞에서의 달콤한 키스도 아닌
오로지 내 귀에만 들리던
미칠 것 같은 그 소리
미소도, 웃음도, 다정한 눈빛도
심지어 언제나 함께하겠다는 약속도
모두 꾸며낼 수 있지만
결코 가짜일 수 없는
터질 것 같은 너의 심장소리
아무에게도
말할 수 없고
보여줄 수도 없는
비현실적인 너의 선물
내 존재 깊은 곳을 떨리게 하던 그 소리

사포 같은 여자

당신은 나를 사포 같은 여자라고 했지
네가 그랬으므로 그 말이 맞겠지
내가 아무리 아니라고 해도
나는 너의 가슴을 긁었지
아니, 손바닥이었나
나는 긁고야 말았지
내 가슴에 난 생채기는
내가 긁은 거겠지
죽을 만큼 깊은 사랑으로
나는 나의 불행을 초래했지
사랑의 기쁨을 다 맛보기도 전에
우리의 평범한 아침을 망쳤지
나는 만질 수 없는 것을 만지려고 했지
만져서는 안 되는 것이란 걸 모르고 만졌지
만지고 만져도 만져지지 않아서
나는 사포처럼 긁었지
당신도 슬프겠지
돌아가는 길을 막아놓고
당신도 울고 있겠지
설마 나만 우는 건 아니겠지

어떤 이별

한없이 그대에게 기울던 마음을
이쯤에서 거두려 한다
그동안 고마웠다
저울의 눈금이 제로가 될 때까지
될 수 있으면 가볍게 살려 한다
끝없이 기울어 바닥에 닿는 것도
아무나 하는 일은 아닌 것 같다
제자리에 선 채로 멀어지는 그대를
바라만 볼 뿐이다. 시간이 흐르면
내 마음의 바늘도 떨림을 멈출 것이다

선
물

잘 있겠지

당신은 잘 있겠지
나는 당신의 안부를 알지 못한다
당신의 안부를 묻지 못한다
나의 고통은 당신의 안부를 모른다는 것에서 온다
막연히 생각할 뿐이다
사랑하고 이별하고
사랑하고 이별하고
당신은 나의 허기를 가볍게 생각하고
나는 당신의 말을 귀담아듣지 않았다
당신이 중요하지 않다는 것을 나는 중요하게 생각했다
당신은 없었다가 있었고
있었다가 사라진다
호락호락 사라진다
여름날 손에서 녹는 아이스크림처럼
당신은 녹아 없어진다
나는 아이스크림을 서둘러 먹으려다
땅에 떨어트린 아이처럼 황망하다
당신이 도착하지 않았다면
나의 아침은 시작되지도 않았을 것이다
먼 데서 당신이 아니라

당신의 안부가 걸어오기를

느릿느릿 걸어오기를

나의 아침이 다시 열리고 저녁이 되고 밤이 되기를

내가 다시 당신을 열어볼 수 있도록

내가 사랑의 슬픔을 모두 탕진한 다음에도

당신의 안부는 도착하지 않겠지

잘 있는지 절대로 모르겠지

당신은 잘 있겠지

아마도 잘 있겠지

선물

예뻐지는 이유

꽃이 예쁜 건
누군가 이미 꽃을
예쁘다고 말해주었기 때문이야
예쁘다는데야 예뻐지지 않을 수가 없는 거야
꽃을 꽃이라고 말해주어서
네게 가서 꽃이 되었듯이
그녀는
지금 한창 예뻐지고 있어
누군가가 예쁘다고 말해주었기
때문이라고 생각하겠지만
아침과 저녁
캄캄한 밤중과 이른 새벽에
나의 시선이 닿는 것을 그녀가 알기 때문이야
내 눈이 닿는 족족
그녀의 모든 곳이-목덜미, 허리께, 늘씬한 종아리가
꽃으로 활짝 피어나기 때문이야

기억

나를 울게 한 기억보다는
나를 웃게 한 기억을 하겠다
나를 슬프게 한 기억보다는
나를 기쁘게 한 기억을 하겠다
잠에서 깨어날 때와
잠들기 전 짧은 시간
웃음으로 충만했던 시간들과
기쁨으로 화사했던 순간들만 떠올리겠다
나를 화나게 한 기억보다는
나를 행복하게 한 기억들만 하겠다
나를 미워한 사람들보다는
나를 사랑한 사람들만 기억하겠다
당신이 내게 한 많은 말 중에서
나를 웃음 짓게 했던 말들만 기억하겠다
내게서 당신이 떠나가던 날의 기억은
끝끝내 떠올리지 않겠다

선물

옥합을 깨는 마음으로

나,
막달라 마리아처럼
옥합을 깨는 마음으로
그대 앞에 나아가려 한다
순전한 향유한 근을 가지고
누구의 눈치도 보지 않고
앞도 뒤도 보지 않고
곧장 앞으로 나아갔던 여인처럼
나의 정수를
그대의 머리에 붓고 싶다
그리하여 영영
그대에게 잊히지 않는
영원한 향기로 남고 싶다

바쁜 저녁

이 저녁
그대에게 가는 마음을 지우기 위해
괜스레 내 손이 바쁘다
열심히 빨래를 하고
쌀을 문질러 씻고
도마질을 하고
더럽지도 않은 걸레를 빤다
다 저녁
그대에게 달려가는 마음을 지우기 위해
괜스레 내 발이 바쁘다
안방에서 거실로
작은방에서 아이들 방으로
헛되이 종종걸음을 친다
드디어
날도 저물어
손도 접고 발도 접고
마음은 접을까 말까
그대가 사는 동쪽 창문을 열고
미심쩍게 물어본다

슈베르트를 들으며

사람이 그리운 날은
슈베르트를 듣는다
그리운 것이 사람인지
다른 어떤 것인지 사실은 모른다
흐르는 선율에 몸을 맡긴 채
내 기억의 기억의 기억 속을 더듬다가 길을 잃는다
추운 겨울날 성에 낀 창으로 내다보는 듯
보고 싶은 저편은 가려 있다
누가 나를 떠났던가
누가 출렁이며 나를 흔들고 멀어져 갔는가
따뜻한 입김으로도 지워지지 않는
쩡쩡 갈라진 닫힌 창
사람이 그리운 날은 다만
내가 나를 모르는 날이다

누군가 나를

누군가 나를
언니라고 했을 때
그 무게는 솜털 같았다
누군가 나를
아내라고 했을 때
그 무게는 아직 견딜만했다
누군가 나를
딸이라고 했을 때
진한 연민이 묻어났으며
누군가 나를
어머니라 했을 때
그 무게는 천근만근이었다
누군가 나를
이름 그대로 불러주었을 때
비로소 그 어깨에 기댈 수 있었다

선물

키 큰 나무

아직도

키 큰 나무를 보면

한 번쯤 올라가 보고 싶어진다

어린 날 나무를 타듯

높은 곳으로 올라가는 꿈을

아직 다 접지는 못한 모양이다

추락하는 것이 두려워지는 나이가 되고부터는

아파트 십사 층이 무섭고

백화점 꼭대기가 무섭고

번지점프 같은 건 말만 들어도 어지러운데

아직도

키 큰 나무를 보면

올라가 보고 싶어지는 까닭은

더 높이 날기 위해 쉬어가는 새처럼

잠시 날개를 접고 먼 하늘을 바라고 싶은 것이다

오후 네 시

집을 나와 골목을 나와
나의 어린것을 데리러 간다
전봇대를 지나 bar를 지나 신축공사현장을 지나
나의 발걸음은 어느새 조급하다
이마가 동그랗고 머리가 곱실곱실한 아이들과
나의 어린것은 물론 재미나게 놀았겠지만
선생님도 아이들도 내 어린것의 언어를 모른다
가끔씩 코끝이 쩡할 때도 있고
내 가슴에 뜨거운 것이 흐를 때도 있는데
학교 문은 정각이 되기 전엔 열리지 않는다
복도를 지나 1반, 2반, 3반, 4반을 지나
어린것의 교실을 들여다본다
어미가 언제 올까
어린것의 눈은 교실 언저리를 맴돌다가
화살처럼 내게로 날아온다
쏜살같이 달려와 안기는 어린것의 무게가
움직일 수 없는 내 삶의 서럽고도 뿌듯한 증거이다

취하고 싶다

남쪽은 꽃이 절정이었다
꽃도 꽃이지만 나무가 황홀했다
저 환한 꽃을 매달기 위해 나무는 혼신의 힘을 다했겠다
너무 환해서
언 듯 숨이 막힌다
눈부셔서
눈을 뜰 수가 없다
꽃에 취한 듯
그대에게 취하고 싶다

어느 날 아침

식구들 모두

알맹이만 챙겨

빠져나간 시간

혼자 껍데기들과 놀고 있다

누가 나를 기억해 줄 것이냐

한밤을 같이 지샌 공기와

썩어지나니

손끝 까닥하기도

숨이 차는데

며칠째 물을 갈아주지 않아

시들은 화병 속의 꽃

목말라 고개 숙인 저것

하필이면

눈에 띄던지

예감

오늘은 아침부터 사람이 그립다
서둘러 집 안을 치우고
앞치마를 두르고 빵을 굽는다
식탁을 깨끗이 닦고
빈자리에 가만히 너를 앉힌다
보이지 않는 너, 보이지 않는 그대
예감하며 오븐 속의 식빵처럼 부풀어 오른다
사람이 그립다는 것은
따스한 온기가 그립다는 말일까
한 줌의 햇살을 아쉬워하며
집 안에 드는 해를 따라
옮겨 앉는다
오지 않는 너, 침묵하는 그대
지워버리며 냄비 속 수프처럼 차갑게 식는다

그 여자

아침에 일어나도
심심하기 짝이 없는 여자는
이불 속에 한참 더 머물러있다
아이는 알아서 학교에 가고
남편은 일용할 양식을 위해 집에 없으며
여자 혼자 더 배울 것도 없는
지루한 인생을 살고 있다
기껏해야 놀아줄 누군가를 찾아
허기진 배를 채울 뿐이다
아침에 일어나도
할 일이 없는 여자는
점점 게으른 고양이를 닮아간다
뾰족한 발톱을 세워
할퀴고 싶은 욕망을 숨긴 채
양지바른 곳에
가만히 앉아 졸고 있다
아무도 그 여자가 거기
있는지 모른다

선물

어린 왕자

마음이 외로운 날은
해 지는 걸 보았다지
의자를 옮겨가며
마흔세 번이나 본 날도 있었다지
우리는 외로우면
술을 마시지
술집을 전전하며
마흔세 번이나 잔을 든 날도 있었다지
어린 왕자, 우리는
족속이 틀린가 보다
해 지는 걸 보는 것과 잔을 드는 것
꼭 그만큼 다른가 보다

어린 딸에게

너의 존재는
나에게 기쁨을 준다
분명 행복은 아니다
시시때때로 나를 웃게 하고
가끔 울게도 하지만
분명 슬퍼서는 아니다
너는 생명으로 넘쳐서
지나치게 자유롭다
나의 분신이여

선물

달

오늘 밤
불 켜진 달이
불 켜진 창보다 환하다
한 덩이 순수가 날 내려다본다

연가 1

언제나
당신 손 닿는 곳에
있고 싶었다
라이터처럼
재떨이처럼
말버러 라이트처럼
언제나
당신 눈 닿는 곳에
있고 싶었다
갓 배달된 신문처럼
신간 잡지처럼
오늘의 스포츠뉴스처럼
아니다
아직까지도
희미하게 남아있는
애프터셰이브 향기처럼
사실은
하루 종일 당신
따라다니고 싶었다

선물

연가 2

그리움이 지나쳐 꽃잎 되어
그대 가슴에 뚝뚝 떨어져 내린다
쓸쓸함이 지나쳐 바람 되어
그대 창문을 할퀴고 지나간다
슬픔이 지나쳐 강물 되어
그대 사는 집 앞을 덮고 간다
외로움이 지나쳐 독이 되어
그대 마시는 한 잔의 술에 스며든다
간절한 소망은 꿈이 되어
그대 자는 머리맡에 머물다 간다
그리운 사람은 멀리 있다

초심으로

이 땅에서
여자로 태어나
어른이 되고
아내가 되고
어머니가 된 것으로는
만족할 수 없어
나는 이제 시인이 되려 한다
시인의 마음으로 살려 한다
흘러가는 구름에도
스치는 바람에도
길가의 잡초에도
가슴을 두근거리며
다시 풋내기 시절로 가려고 한다
이를 닦듯이
마음을 깨끗이 헹구어내고
다시 초심으로 돌아가려 한다

선물

시에게

밀이 자라
밀가루가 되고
밀가루가 익어 빵이 되듯이
생각이여 자라
언어가 되고
언어여 익어 시가 되어라
시여 부풀어라
잘 부푼 밀가루가 맛있는 빵이 되듯이
먹어서 좋은 맛있는 빵이 되어다오
생각이여

무서운 일

내 마음이 깨끗하지 않아서
시가 써지지 않는다
세상엔 무서운 일이 많지만
내겐 시가 써지지 않는 일도 무서운 일 중의 하나이다
나는 이제 시는 못 쓰지만
누구도 그 이유를 모를 것이라는 데
안도감을 느낀다
그래도 나는 남의 것을 훔쳐서
내 것을 만들겠다는 생각은 하지 않았다
그것은 비루한 생각이다
한 번 구겨진 도화지는
다시 펴도 구겨진 도화지다
구겨진 도화지에는
그림을 그릴 수가 없다

선물

화엄사 홍매

당신, 나랑 화엄사 홍매 만나러 갈래요?
나는 당신이 화엄사 홍매 보러 가자고 하면
자다가도 벌떡 일어나서 갈 건데요
밥을 먹던 중이라도 상관없고요
샤워 중이었대도 상관없어요
나는 젖은 머리 그대로
훌훌 따라나설 거예요
새벽 세 시라도 좋아요
나는 그럴 거예요

하지만 정말 슬프게도
당신이 어느 봄날 문득
화엄사 홍매 보러 가자고 할 수 없다는 걸 잘 알아요
당신은 너무나 멀리, 내 손이 닿지 않는 곳에 있으니까요
당신은 어디 있는 걸까요
어디서 무얼 하고 있나요
내게 홍매 보러 가자고도 안 하는 걸 보면
필시 그보다 중한 일이 당신에게 있겠지요

상관없어요

나는 홍매 보러 갈 거니까요

홍매가 피었는지 지었는지 아직 봉오리인 채인지

매일 화엄사에 전화해서 물어봐 주는 친구가 있어요

그 친구가 이제 가서 볼 때가 되었다고 알려줬어요

친구에게 살짝 미안하지만

홍매 보러 가자고 청하는 이가

당신이라면 얼마나 기쁠까

그런 생각도 잠시 했었지요

나는 화엄사에 언제 가봤는지 생각이 안 나요

분명히 가긴 갔었는데

그곳에 홍매가 기다리는지도 몰랐어요

하지만 친구가 들려주는 이야기만 듣고도

금방 흥분이 되던걸요

당신 웃나요?

또 금방금방 흥분하는

고질병이 도졌구나 하겠지요?

맞아요

난 화엄사 입구에서부터 가슴이 두근거렸어요

화엄사 경내에 한 발짝을 내딛는 순간부터요

화엄사 입구에 평범한 홍매가 한 그루 있어요

나는 거기서 머뭇거렸어요

왜냐하면 왜냐하면

이제 곧 만나야 할 진짜 홍매와의 순간을 조금만 더 늦추고 싶었거든요

가슴이 뛰니까 내 가슴이 뛰니까

당신은 여기에 없는데

내 가슴이 뛴다는 게 신기해서요

알겠나요?

나는 부러 천천히 걸어서 대웅전 계단을 올라갔어요

올라가자마자 왼쪽 각황전 옆에 홍매가 있더군요

보이더군요

한 발짝 한 발짝 다가갔어요

너니? 그렇게 물었지요

홍매가 대답을 하더냐구요?

지금 나한테 그렇게 물은 거예요?

나무 하나가 그곳에서 삼백 년을 기다렸는데

매년 어김없이 한 해도 거르지 않고

한자리에 서서 자신의 붉은 심장을 보여줬는데

나는 이제야 그것을 본 거예요

나는 그렇게 붉은 심장을 가진 나무를 단 한 번도 본 적

이 없었어요

아 너는 변심을 모르는구나

그런 건 생각해 본 적도 없구나

나는 저절로 알 수 있었어요

너를 닮고 싶구나

나는 나도 모르게 중얼거렸어요

당신이 언젠가 내게 걸어온다면

당신은 단번에 알 수 있을 거예요

내가 기다렸다는 것을

삼백 년 후에라도 상관없어요

그때에도 매년 홍매는 피고

일 년 중에 열흘은 자신을 활짝 열어 보여줄 거예요

바람이 불고 비가 오고 낙엽이 지고 눈이 오고

어느 날 당신이 터벅터벅 도착할 거라고 나는 믿어요

그것이 삼백 년 후에라도 상관없어요

화엄사 각황전 옆 홍매 보러 가요, 우리
당신과 나

2부

프랑스 자수를
하는 여자

그랬다

나는 여름에 왔는데
그해 여름이 더웠는지 추웠는지 기억나지 않는다
나는 사람들에게 명랑해 보이려고 애썼다
사람들을 많이 만났고
많이 웃고 떠들었다
나는 우울에 떨어지기 싫었다
절대로 울고 싶지도 않았다
가끔은 집에 들어가기 싫었다
나는 가을에 취직했고
그해 겨울에 다리가 부러졌다
하루도 빠지지 않고 병문안을 온
사람도 있었다
나는 얼마 후 목발을 짚었고
목발을 짚고 동백섬에 놀러 갔다
다행히 다리는 붙었고
여기까지 잘 걸어왔다
그랬다

슬픔이란

가까운 줄 알았던 사람이
전혀 가깝지 않다는 것을 알았을 때 슬프죠
그 알아채던 순간이 참으로 슬프죠
이제라도 알게 되어서 다행이다
이런 생각이 들 때 더 슬프죠
모르고 지나갔으면 좋았을 것을
인생은 때때로
잔인하게 정직하죠
내가 보낸 미소
내가 날린 웃음이
시궁창에 버려진 것 같아
마음 아파하는 밤도
때때로 있는 법이죠
가질 수 없는 건 다 상처랬죠?
나를 저버린 애인의
뒷모습을 바라봐야 할 때
그땐 정말 죽을 만큼 슬프죠
차마 다시 부를 수 없어 더 슬프죠

이오 소노 아모레(나는 사랑이다)

평창동 가나아트홀

빌 레스토랑

입구의 하얀 그랜드피아노

식탁 위의 꽃

그중에 보라색 꽃이 피어있던

구석의 창가 자리

아이 엠 러브를 보고

분홍 새우가 들어간

해물스파게티를 먹는다

나는 사랑이다를 보고

막스 브루흐의 콜 니드라이를 듣는다

이오 소노 아모레를 보고

사랑의 본질에 대해 생각한다

사랑은 사랑 말고는

아무것에도 신경 쓸 틈을 용납하지 않는가 보다고

나중에 너는 말했지

그래 그게 본질이었지

운명을 바꾸는 힘을 가진 것

영화를 보는 것만으로도

뼛속까지 아팠다면
사랑을 아는 걸까

가나아트홀
빌 레스토랑
홀 중앙에 놓인 첼로
식탁 위의 보라색 꽃
미샤 마이스키의 선율
그래 그 정돈 되어야지
적어도 사랑이라면
나는 사랑이다라고
선언할 수 있어야지

비가

바다에서
눈이 내리는 걸 바라보거나
차 안에서
온몸으로 비가 오는 것을 느낄 때도
그립지 않다
카페에서
낯선 사람들에게 둘러싸여 커피를 마시거나
박물관에서
잘 알지도 못하는 그림을 홀로 감상할 때도
그립지 않다
오랫동안
울리지 않는 전화를 묵묵히 바라보거나
가끔씩 먼 길을 떠나
눈썹 같은 달이 뜨는 걸 보게 될 때도
그립지 않다
아이는 자라고
옷장 속에 낡은 옷들이 쌓여가도
새벽잠을 설쳐
어둠 속에 두 눈을 뜨고 있을 때에도
이제는 정말 그립지 않다

주차한 차를 찾아
그 길모퉁이를 돌지 말았어야 했다
골목에 숨어있던
마지막 그리움 하나가
다윗의 돌팔매처럼 이마를 때렸다
그리움을 모르게 된 여자 하나가
골리앗처럼 천천히 쓰러진다
그녀의 공허한 입속으로
그리움,
천천히 빨려 들어간다

푸른 사과

나는 푸른 사과를 많이도 먹었다

시고 떫어도 먹었다

사과는 아주 드물게 달았다

나는 내게 주어진 사과에 별로 개의치 않았다

그게 내게 주어진 사과여서 먹었을 뿐이다

인생이란 엿 같은 날이 있는 반면에

달고 맛있는 빅애플이 걸리는 날도 있는 것이다

나는 변변치 못한 삶을 살았으므로

잃어버린 것이 무엇인지도 모르면서

찾아 헤매게 될까 봐 두려웠다

나는 운명을 믿기도 하고 믿지 않기도 했다

나는 한눈에 빠지는 사랑이 있다는 것을 알았다

그러나 지금은 대수롭지 않다는 것도 안다

그냥 대수롭지 않다

흥미롭기는 하지만 냉정하게 말하면

호텔 방 같은 것이다

너무나 운명적인 사랑은 이미 이별을 예견하고 있다

운명적이어서 그렇다

사랑을 수긍하려면 이별도 수긍해야 한다

이제 와서 사랑에 연연하는 것은 아니다

단지 지구에 보내는 마지막 인사를
어떻게 할 것인지 생각해 보고 싶다
가능한 열정적이고 찌르는 듯하고
아무도 하지 못한 방법으로 하고 싶다
푸른 사과를 한입 베어 물면서
너에게 건너갈 수 있기를 소망한다

나이

나이를 먹는다는 건
몸이 아픈 것에
민감해지는 것에 다름 아니다
나이를 먹는다는 건
어느 날 갑자기
꽃이 아름다워지는 것에 다름 아니다
이제껏
보이지 않던 것이 보이고
몸이 말하는 것에
귀 기울이게 되는 것
나이를 먹는다는 건
가을보다는
만물이 생동하는
봄이 좋아지는 것에 다름 아니다

나의 전두엽에게

사람이 너무 일상적인 루틴만 살고
똑같은 일만 반복하면
우리의 전두엽이 손상될 수 있다
나의 전두엽아,
나는 책도 열심히 읽고 맛있는 밥도 찾아 먹고
찻집도 가고 시도 열심히 쓸 테니
죽을 때까지 망가지지 말고 잘 살아주길 바라

천둥소리

새벽에 문득
잠이 깨었다
부끄럽게 살다가
부끄럽게 늙는가
시간이
천둥소리로
마음을 치고 갔다

나무

너는 현자의 얼굴을 하고서
초연히 서있을 뿐이나
보이지 않는 곳에 뿌리를 내리고
충실하게 네 몸을 키우고 있다
너는 수도자의 얼굴을 하고서
완강히 침묵을 지킬 뿐이나
완전한 이해가 네 속에
수액처럼 흐르게 하고 있다
모든 것을 네 속에 가두고
자연의 어머니인 대지에 굳게 선 채로
상처받은 이들을 위하여
두 팔 벌린 나무여
너는 세상의 어떤 폭력에도
결코 도망가지 않으며
침묵으로 일관되어
빛과 어둠 속에서
스스로 깊어만 가는구나

길

마음으로 난 길을 따라가 본다
마음으로 난 길은
세상길하고는 사뭇 달라서
한결 쓸쓸하다
오르막을 갈 때는
구름과 별을 생각하고
내리막을 갈 때는
저 근원을 알 수 없는 샘과
그 샘이 당도할 바다를 생각한다
바깥에 길이 보이지 않을 때
마음속으로 난 길을 걷는다
그 마음속 길을 걸어가 본다
구름과 별처럼 그대 가슴에 점점이 박히고
바다처럼 풀어져 버리고 싶다고 생각한다
좀체 끝을 알 수 없지만
돌이켜지지 않는 시간의 얼굴을 보기 위해
안간힘을 쓴다
거기 흘러간 청춘과
삶이 주는 굴욕으로 무릎 꿇었을 때 생긴
푹 패인 동그란 자국들과

상실의 아픔으로 기어갈 수밖에 없었던
이상야릇한 흔적들이 보인다
지금까지 걸어온 길은 길이었을까
세상길은 앞으로 가고
마음속 길은 자꾸만 뒤로 간다

바다는

바다는 언젠가는 반드시 끝내야 하는 사랑이란 것을 몰랐다. 태곳적부터 지금까지 바다는 지치지도 않고 같은 일을 반복했다. 결코 이루어질 수 없는 사랑, 육지의 기슭으로 기어오르려는 사랑, 똑같은 손짓 똑같은 안타까움을 되풀이할 뿐이었다. 그런 까닭으로 바다는 매일 한 차례씩 붉게 물들었다. 바다는 자신이 매일 밀어 올리고 받아 삼키는 것이 무엇인지 몰랐다. 다만 잠시 전율하며 붉게 물들 뿐이었다. 바다는 가다가 멈추는 사랑을 알지 못했으므로 고요할 줄도 몰랐다. 그것이 아득한 태곳적부터 지금까지 한숨짓고 뒤척이고 미쳐서 날뛰고 통곡하고 가끔 잔인해지는 까닭이었다.

사랑해

네 말은 너무 어려워
무슨 말인지 하나도 모르겠어
어떻게 말해야 좋을지 모르는
어린애 같애
왜 나처럼 말하지 않는 거니
따라 해 봐
사랑해!

내가 좋아하는 남자

나는 키 큰 남자를 좋아한다
내가 말하는 키 큰 남자란
내가 올려다볼 수 있는 남자를 말한다
내가 존경할 수 있는 남자
믿을 수 있는 남자
등을 보이지 않는 남자
약속을 지키는 남자
내가 매달릴 수 있는 남자
내가 매달려도 끄떡도 하지 않을 남자
나는 또한 팔이 긴 남자도 좋아한다
내가 말하는 팔이 긴 남자란
두 팔을 벌리고 기다릴 줄 아는 남자를 말한다
하늘의 별을 따다 주겠다는 남자
무거운 것을 먼저 드는 남자
가여운 것을 품에 안을 줄 아는 남자
내가 울 때 잡아주는 남자
빈틈없이 나를 꽉 껴안을 남자
세상에 그런 남자가 있다면
비바람이 몰아쳐도 미루나무처럼
함부로 허리를 굽히지 않는 남자가 있다면

한 줌의 무게로 그에게 올라가
속삭여줄 것이다
당신을 기다렸노라고
아득한 먼 옛날 옛적부터
단 한 순간도 쉬지 않고
기다렸노라고

남자 안아주기

한 남자를 안아주네
꽃이 피면 꽃이 핀다고
꽃이 지면 꽃이 진다고
떨어지는 꽃을 하염없이 바라본다고
짧은 문자를 날리는 남자를
마음으로 꼭 안아주네
한 남자를 안아주네
다리 저편으로 데려가는 남자
푸른 별이 뜰 때까지 돌아갈 수 없다는 남자
허밍으로 사랑의 찬가를 부르는 남자
헤어질 때까지 절대로 손을 놓지 않는 남자를
웃음으로 안아주네
한 남자를 안아주네
몸이 말을 걸어서 시가 된다는 남자
가슴에 푸른 멍이 들게 한 남자
친절한 여자를 좋아한다는 남자
지구에 매달려 있기엔 팔 힘이 달린다는 남자를
가슴이 부서져라 꼭 안아주네
한 남자를 안아주네
세상에 여자라곤 모른다는 남자

세상에 모든 남자가 적으로 보인다는 남자
오로지 한 사람만 여자로 보인다는 남자를
이 세상 모든 남자를 안듯이
사랑으로 꼭 안아주네

난쟁이 남자

일방통행의 좁은 골목을 들어가는데 목발을 짚은 난쟁이가 걸어 나왔다. 코앞에서 지나치게 작은 남자가 걸어 나오는데 쳐다보기도 그렇고 외면하기도 자연스럽지가 못했다. 자연스럽지 못하다는 걸 알면서도 나는 순간적으로 외면했고 이어서 호기심을 못 이겨 쳐다보았다. 그러니까 똑바로 쳐다본 것이 아니라 순간적으로 외면했다가 그 남자가 안 보는 틈을 타서 슬쩍 쳐다본 것이다. 그런데 눈이 딱 마주쳤다. 남자는 능글맞게 웃었다. 그는 내가 쳐다볼 때까지 눈을 돌리지 않았던 것이다. 그 남자는 생각했을 것이다. 저 여자가 나를 쳐다본다는 데 10센트 걸겠어. 그는 내 속을 안다는 듯이 빤히 쳐다봤다. 일순 굉장히 창피했고 그 작은 남자가 미웠다. 언제나 마음을 들키는 내가 한심했다. 사랑할 때 외에는 마음을 들키지 않는 사람이 멋있다.

타투

딸이 복고풍 검정 코트를 입고 신호등 맞은편에 서있었다. 중고 숍에서 산 것이 분명한 낡은 캐시미어 코트는 어쩐지 많이 슬퍼 보였다. 나는 내 생애 첫 타투를 하러 가는 길이었다. 저녁이 되니 바람이 불어 기온이 내려갔음에도 이대 앞은 학생들로 북적였다. 까마득한 옛날 이대에 온 적이 있었다. 국가에서 치는 시험을 이대에서 쳤고 시험을 마친 우리는 근처 다방에서 홍차를 마셨다. 홍차는 아직 카페인에 익숙하지 않은 내 젊은 심장을 마구 뛰게 만들었다. 아이가 상가가 밀집한 좁은 골목을 이리저리 지나 타투 숍이 있는 지하로 데려갔다. 타투 숍은 빈티지하게 꾸며져 있었고 생각보다 넓었다. 가슴이 그 옛날 홍차를 처음 마셨던 때처럼 마구 두근댔다. 타투이스트는 여자애였다. 동그란 안경을 꼈으며 얼굴이 하얬다. 먼저 온 손님이 있어 한참을 기다려야 했고 기다리는 동안 내 심장은 차츰 제자리를 찾아갔다. 타투가 왜 하고 싶었는지 나는 설명할 수 없다. 가끔 세상이 나를 화나게 하거나 존재하는 게 허무할 때 내 왼쪽 팔뚝에 예쁜 꽃이나 별이나 달이나 새나 그런 것을 그려 넣고 싶긴 했다. 나는 원하는 것을 했고 만족했다. 내 팔에 조그만 꽃가지를 그려 넣는 일은 십 분 만에 끝났다. 밖으로 나오니 기온이 더 떨어져 있었다. 운전을 하며 이소라의 '바람이 분다'를 들었다. 타투하고 듣기에 안성맞춤이었다.

미장원 여자

미장원 여자가 죽었다

그녀는 내 유일한 동네 친구였다

우리는 마지막 가는 인사도 못 했다

나는 인정하기 싫어서 슬픔을 뒤로 미뤘다

그럴 리가 없다고 매일 나를 속였다

나는 그녀가 죽은 걸 안다

그녀는 갑자기 폐암에 걸렸다

정말 갑자기였다

갑자기 숨이 차서 제 발로 걸어 응급실로 갔고

일주일 만에 폐암4기 진단을 받았고

육 개월 선고를 받았다

그녀는 이 년 육 개월을 더 살다 갔다

의사는 삶의 의지가 강해서라고 말했다

나는 보름 만에 그녀의 남편에게 전화를 걸었다

그녀의 남편은 아내의 옷을 정리하고 있다면서 울었다

뭘 더 어째야 할지 모르겠다면서

복잡한 일이 많다면서 울먹였다

여린 남자였다

미장원 여자는 강했다

평생 미장원을 했고

방 열두 개짜리 원룸을 지었고
온 힘을 다해서 아들에게 건물을 물려주었다
자기는 십 원 한 장 못 쓰고 평생 계를 하고
빚을 갚아나가면서 살았다
무슨 말을 더 해야 할지 모르겠다
나는 이 모든 것을 혼자 감당해야 한다
나는 나도 죽을 것을 안다
옛사람들이 그랬다
일장춘몽이라고
죽으면 다 쓸데없는데
아등바등하지 말아야지,
하긴 나는 그런 성격도 못 된다
나는 대충대충 사는 편이다
그녀가 야속하다
좀 더 곁에 있어주지 그랬니
옥희야, 편히 쉬렴
아들 걱정은 하지 말고
훨훨 날아다니렴
나는 오늘에야 잘 가라고 겨우 말한다

어머니의 허리

어머니 허리가 골절되었다. 4월 1일부터 병원에 누우셨다. 병실에서 개나리가 피는 걸 보았고 벚꽃이 만개하는 것을 바라보았다. 숲으로 산책하는 사람들도 간간이 보였다. 허리를 구부리고 쑥을 캐는 아주머니들도 있었다. 자연에서 무엇인가 얻으려는 사람들의 등이 둥그렜다. 드나드는 간호사들은 하나같이 젊고 예뻤다. 싱그러운 기운이 감돌았다. 봄이라서 그런가, 가끔 혼자 중얼거렸다. 내가 나이가 들은 거라고 생각할 적도 있었다. 어머니는 많이 아파했다. 시간이 가야 나을 병이었다. 아름다운 봄날이 빨리 가기를 속으로 빌었다. 벚꽃에게 미안했지만 저 꽃이 떨어져야만 어머니가 나을 것이었다. 창문가에는 커다란 꽃바구니가 있었다. 꽃바구니 옆에는 책을 잔뜩 쌓아놓았다. 책을 읽을 시간이 충분해서 다행이었다. 나는 허리가 골절되어 침상에 누운 어머니 옆에 누워 허겁지겁 책을 읽었다. 진심으로 아무도 나를 위로하지 않기를 바랐다. 매일매일 밀란 쿤데라와 사강과 배수아와 조경란과 알랭 드 보통과 피크닉 가듯이 살고 있었으므로. 잔디밭에 비스듬히 누워 4월의 강물을 바라보듯 살고 있었으므로.

김사인

이브닝 마치고 남부터미널 밤 열한 시 사십오 분 버스를 타러 가는데 서울엔 비가 많이 내렸다. 가뭄에 반가운 단비였으므로 불평할 처지도 아니었다. 정말로 한 손엔 검은 가방을 메고 한 손엔 우산을 쥐고 걸었다. 하필이면 새로 산 구두를 신은 날이었다. 구두는 납작한 플랫이라 금방 물에 젖었다. 늦은 시간이라 남부터미널의 모든 상점은 셔터가 내려져 있었다. 커피에 크리스피 도넛이라도 먹으려던 나는 몹시 실망스러웠다. 꼭 한 군데 호로록 국숫집이 열려있었는데 망설이다 주문한 국수는 불어터져 있어 먹지 못할 수준이었다. 밤의 시외버스는 무서운 속도로 달렸다. 뭔가 글을 적고 싶었는데 적을 수 없었다. 도착 후 잠깐 동안 언니네 이 층 방 침대에 누워 바다를 보며 김사인 시인의 시를 읽었다. 사인의 시들은 순한 것 같으면서도 어둡고 수상했다. 늙어가는 내 심장을 칼로 쑤시는 것 같았다. 사인아, 사인아, 넌 누구냐, 물어보고 싶었다.

* 김사인의 시 '필사적으로'를 읽고

나이라는 것

나이가 드니 나이 든 사람이 하는 말에 귀를 기울이게 된다

모두 자신이 경험한 만큼 말하는 것 같다

나이를 먹는다는 것은 한 가지씩 포기하는 것이다

나이 들어가니 약점이 보인다

바로 그 나이가 약점이다

한국일보 주필이었던 김성우 선생의 말이다

나이를 먹는다는 것은 흙이 좋아진다는 것이다

낯선 것과의 결별을 쓴 구본형의 말이다

나이를 먹는다는 것은 사람을 사람으로,

나무를 나무로 볼 수 있는 눈이 비로소 열린다는 것이다

목월 선생의 말이다

그러나 다음과 같은 고백에 이르면 가슴이 서늘해지며

인생의 비정한 비밀을 엿보게 되는 것 같아 마음이 숙연

해진다

다시 봄이 오거나 꽃이 피거나 별 상관도 없는 나이,

고물 같은 생의 하치장 속에 그저 고담한 정물로

얼마쯤 더 머물기를 바랄 뿐이라는 말은

고희를 넘긴 홍윤숙 여사의 고백이다

나는 이제야 봄이 좋아지고 꽃이 보이는 나이에 왔는데

시인은 그것마저 별 상관이 없는 나이에 들었다는 것이다

무섭다. 섬뜩하다. 인생의 비밀을 조금쯤 알아버린 것 같다
요즘 느끼는 것은 나이가 드니 잠이 없어진다는 것이다
그 많던 잠, 그 달콤하던 잠은 다 어디 갔을까
나는 밤마다 오지 않는 잠을 붙잡으려고 헛된 힘을 쓰며
나이라는 괴물에게 붙잡히지 않으려고 안간힘을 쓴다
나이라는 것은 알면 알수록 알고 싶지 않은 그 무엇인가

연애적 체질

　류근 시인은 자신을 상처적 체질이라고 표현했지만 나는
연애적 체질인 것이다. 무릇 연애적 체질이 무엇인가 하면
언제나 연애를 꿈꾸고 연애를 갈구하고 연애를 사랑한다
는 말이다. 하지만 그렇다고 해서 언제나 연애의 상태에 있
는 것은 아니다. 왜냐하면 연애란 상대방이 필요하고 또 어
느 정도는 상대방의 반응도 필요한 일이어서 일상생활에
서는 그런 일이 자주 발생하지 않는다는 데 문제가 있는 것
이다. 예를 들어 오래간만에 기차를 탔는데 옆자리에 바라
만 봐도 흐뭇한 남자와 앉아가기를 아무리 연애적 체질로
소원해 봐도 생전에 그런 일은 일어나지 않는 것이다. 그러
니까 그런 일이 일어날 확률은 지금까지의 경험으로 봐서
거의 제로에 가까운 것이다. 또한 연애적 체질은 날씨의 영
향을 많이 받아서 비가 오거나 눈이 오거나 바람이 불거나
하면 누군가를 떠올리고 전화를 걸어보는 것이지만 언제
나 상대방은 시간이 없다든지 선약이 있다든지 약속은 없
지만 밖에 나가기 싫다든지 와이프 눈치가 보인다든지 하
는 등의 하찮은 핑곗거리를 준비해 두는 것이다. 연애적 체
질의 가장 바람직한 일은 상대방도 같은 연애적 체질을 만
나면 되는 일인데 여기에 삶의 희비극 또는 아이러니가 있
으니 연애적 체질은 연애적 체질의 상대방을 싫어한다는

삶의 부조리가 존재하는 것이다. 영화나 식사는 되지만 연애하자고 하면 대부분은 머리를 절레절레 흔든다든지 순식간에 꼬리를 감춘다든지 우리가 전에 아는 사이였던가요 하는 사람들 사이에 둘러싸여 사는 것이 연애적 체질의 숙명인 것이다. 연애적 체질에게는 심히 불편부당한 일이 아닐 수 없는데 그렇기 때문에 연애적 체질이 될 수밖에 없었는지도 모르는 일이다. 마지막으로 상처적 체질은 연애에 실패하면 상처를 받지만 연애적 체질은 비교적 마음의 상처를 빨리 극복한다. 연애적 체질은 다른 연애로 지나간 연애를 덮기 때문에 상처적 체질보다 한 수 위인 것이다.

내 삶의 결정체

내 삶의 결정체를 보여주고 싶어요
그래서 나는 S 시로 갔다
그녀 삶의 결정체는
그녀의 꿈이 그대로 실현된 아름답게 꾸민 아파트였다
벽지에서부터 커튼, 장식장, 벽에 건 그림,
특히 아름다웠던 베드 벤치
어느 것 하나 아름답지 않은 것이 없었다
그런데 내 삶의 결정체는 보여줄 수가 없네
그것은 내 기억 속에 내 추억 속에만 존재하므로
슬프도다, 기억이여
아름답도다, 추억이여
나는 왜 그녀처럼 살 수 없었을까
하지만 나는 내 삶에 만족해야 하리라
그것은 내가 만든 운명이므로

나타샤가 되는 밤

호텔 34층 스위트룸에서
애프터눈 티, 해피아워, 조식까지
모두 먹고 즐기고 와인까지 마시고
조말론으로 목욕하고 처바르고
우아한 향기를 내뿜으며
호텔 타원형 책상에 앉아
자수를 놓고 있다
기껏 자수를 놓고 있다
책상에 앉아 자수를 놓는 건 생각보다 멋지다
호텔 책상이라 더 근사하다
나는 나타샤처럼 밤새 자수를 놓고 싶다
가난한 내가 밤새 수를 놓고
눈은 폭폭 내려 쌓이고
나는 밤새 쓸쓸히 앉아 자수를 놓고
눈이 폭폭 쌓이는 밤 백석처럼
나타샤를 사랑해도 될 것 같은 밤이다
나도 누군가의 나타샤가 되었으면 좋겠다

프랑스 자수를 하는 여자

등을 둥글게 만 여자가 프랑스 자수를 한다
작은 나무를 수놓으며 숲을 느낀다
놓는 동안 계속 숲을 거닐고
숲을 뚫고 들어오는 햇빛을 느끼고
숲을 관통하는 바람 같은 것을 생각한다
아주 작은 바늘 한 개와
초록색 실 몇 가닥과
작은 천 쪼가리 하나일 뿐인데
숲을 달리고 생명을 이어가는 동물들을 떠올린다
그들의 자유와 일말의 의심도 없이
확고하게 살아가려는 의지를 가진 것과
그들의 본능에 대해 생각한다
나는 얼룩말과 기린과 낙타와 올빼미를 수놓고
몇 개의 선인장도 만든다
그들이 땅속 깊은 곳에서 길어 올리는 물과
척박한 땅에서 살아야 하는 고단함과 외로움을 기억한다
여자는 얼굴이 까만 양도 한 마리 기른다
양의 음매 음매 소리를 듣는다
얼굴과 까만 다리를 수놓으며
그들의 발자국 소리에 귀를 기울인다

평온하고 조용하고 지루하지만
지루하지 않은 날들이 지나간다
등을 둥글게 만 여자가
작은 숲, 아홉 개의 나무를 수놓고
틈틈이 스트레칭을 하고
스칼렛 오하라처럼
내일의 태양을 기대하며 살아간다

바느질

딸은 바느질하는 나를 이해할 수 없다는 얼굴로 쳐다본다
그 애는 바느질할 시간이 없다
나도 그랬다
나도 소싯적엔 바느질에 들일 시간이 없었다
바느질하는 사람도 이해할 수 없었다
나에겐 책 읽을 시간도 부족했다
그런 나에게 바느질할 시간이 돌아오다니
사람을 만나지 않아도 되고
말은 한마디도 안 해도 된다는 게 좋다
그냥 바느질에 집중하면서
삶에 대한 의문이 들면 내 속의 나에게 질문하면서
그러나 대개는 거의 아무런 생각도 하지 않으면서
한 땀 한 땀 자수를 놓다가
문득 고개를 들어보면 시간이 훌쩍 지나가 있곤 하는 것이다
오늘도 그랬다
오늘도 하루 종일 자수를 했다
어쩔 수 없다
이 세상 살면서 열심히 한 것은 이것밖에 없다
나는 어려운 일은 회피하면서 슬렁슬렁 살아왔다
자수는 시간도 엄청 잡아먹고

돈은 한 푼도 안 생기는데도 열심히 하고 있다
전혀 나답지 않다
오전엔 우체국에 들러 택배를 부치고
다이소에서 부엌에 걸 시계를 사고
KT에서 핸드폰 요금제를 바꿨다
내가 더 할 일이 있나 생각해봐도 없었다
그래서 점심거리로 빵을 사서 집으로 곧장 왔다
집엔 프랑스 자수가 나를 기다리고 있었다
나는 고개를 숙이고 열심히 자수를 놓고
누군가 내 옆에서 책을 읽는다면
얼마나 좋을까 공상한다

게티

우리는 게티에서 만났지

나는 계단을 내려가고

너는 계단을 올라갔지

우리는 서로를 스쳤지

우리는 처음부터 엇갈렸지

나는 게티에 내 흔적을 여기저기 남겼지

너는 내 흔적을 찾아다녔지만

나를 발견하지는 못했지

우리는 게티에서 만났지

만나야 할 사람들은 만나기 마련이었지

너는 나를 말리부 해안에 데려갔지

나는 말리부 언덕에서 바다를 내려다보았지

바다는 나에게 밀려왔다 밀려갔지

끝없이 가까워졌다 멀어졌지

나는 어지러워서 손을 뻗었지

너의 이마가 나의 이마에 닿았지

너의 눈동자가 가까워졌지

나는 입술을 꼭 깨물었지

3부

던킨도너츠가
있는 풍경

던킨도너츠가 있는 풍경

난 보았지

버스에서 내린 그녀가

스며들 듯 던킨도너츠로 들어가는 것을

그녀의 백은 방금 전에 산 아침신문으로 불룩했지

그녀는 조용히 커피와 빵을 주문했지

베이글에 크림치즈를 넣어줘요

커피엔 시럽을 넣지 말고

그녀는 신문을 한 장 한 장 넘겨가며 보았지

그날 아침엔 온통

불륜 때문에

고개 숙인 타이거 우즈와

두바이 이야기로 시끄러웠지

오늘의 운세가 나오자 그녀는

몸을 앞으로 좀 더 숙였지

그녀는 문을 등지고 앉긴 했지만

드나드는 사람들이 누군지 금방 알았지

회사원 둘, 여직원 둘이 왔다 간 다음

드디어 그녀가 기다리던 사람이 들어왔지만

그녀는 애써 쳐다보지 않았네

대신 거품이 잔뜩 든 커피를 마시고

신문을 팔랑 넘겨버렸네
오늘의 운세를 읽어줄까요?
그녀는 우선 자신의 것을 읽어준 다음
상대방의 운세를 큰 소리로 읽어주었네
오늘 귀인을 만난다네요
그녀는 피식 웃으며
마치 귀인이나 된 듯이 으스대었네
참 잘 맞는다니까
그녀는 커피를 마저 마신 다음
시계를 흘끔 보더니
이제 갈 시간이라며 일어섰네
너무나 당연하다는 듯이
종종걸음으로 신호 대기를 건너
던킨도너츠와는 무관한 건물 속으로
사라져버렸네

그립다

당신이 그립다

당신의 시선이, 당신의 상냥함이, 당신의 관대함이,

당신의 조심성과 당신의 상처받기 쉬운 기질과

당신의 힘과 당신의 일관성과 당신의 헛기침이

요컨대 당신의 모든 것이,

그렇다

당신의 모든 것

당신의 선함과

당신의 꼭 다문 입술과

당신의 목소리와 거기 깃들인 메시지와

당신의 낮과 밤과

당신의 셔츠와 거기 밴 냄새

당신이 읽는 책과 맘에 드는 구절이 있으면 당신이 표시

할 때 쓰는 펜과

당신의 방,

당신의 책상과

그 위에 놓인 하얀 종이와

그 종이 위에 새긴 이름과

그런 다음 홀가분하게 잠들어

당신을 찾아온 꿈과

당신을 포옹한 물고기와

당신의 다리

당신이 해변에 남긴 발자국과

당신 이마의 주름

당신을 스치는 바람

당신을 울리는 키스

자기 자신에게 뭐든지 금하는 것을 좋아하는

당신이 그립다

리듬

1.
나는 아무것도 바라지 않았고
묵묵히 걸어가고만 있었는데
나를 휘청, 하고 치고 지나간
버드나무 가지 같은 것,
혹은 고양이 잔털 같은 것
혹은 아주 가느다란
몸에 스미는 비라도 내린 것일까
내가 모르는 새
나를 스쳐 지나간 것이 있었던 것일까
내 생활의 좁은 틈새에
어떤 안개 같은 것이라도 스민 것일까

2.
아무것도 바라지 않았다는
그것이 잘못된 것일까
열심히 태엽을 감아서
시간에 맞춰 나가고 들어오고
화장을 하고 옷을 갈아입고
화장을 지우고 잠옷으로 갈아입고

자기 전에 책을 읽고 불을 끄고 하는 것이 잘못이란 말인가
등에 짊어진 것이 너무 가볍다는 것인가
일만 년 후에 내가 있게 될 곳을
그려봐야 하는가

3.
나도 모르게
나를 치고 지나간 것이 있다면
그것이 제발
한 편의 시 같은 것
풀꽃 같은 것
밝게 비치는 태양 같은 것
발아래 펼쳐지는 바다 같은 것
날아다니는 개똥벌레의 꽁무니 같은 것이기를
그것이 제발
비에 젖어 잠든 빛나는 철로같이
굳건하고 단단하게
한없이 뻗어있는 것이기를
그 위를 내가 리듬에 맞춰 안심하고
조용하게 걸어갈 수 있기를

안녕, 내 사랑

내가 당신과 접속하지 않는 동안

나는 존재하기도 하고

존재하지 않기도 합니다

나는 있는 것 같기도 하고

없는 것 같기도 합니다

내가 당신을 생각하는 속도와

당신이 나를 생각하는 속도가

매우 다름을 느낍니다

당신이 거기 있을 때

나는 여기 있고

당신이 여기로 올 때

나는 자주 모른척합니다

당신이 과거에 있을 때

나는 현재에 있고

내가 미래로 가면

당신이 현재에 있는 식입니다

안녕, 내 사랑

나는 먼지처럼

당신을 찾아가기로 했습니다

당신이 느끼지 못할 때조차

나는 옆에 있을 것입니다

안녕, 내 사랑이라고

말할 수 있을 때까진

담쟁이덩굴

만져봐야
그게 그거지
뭘 알아내겠다는 거야
내 등, 내 허리, 내 가슴, 내 엉덩이, 내 입술
만져보면서
어디까지 가겠다는 거야
그래 봐야 그게 그거지
내 마음을 만져보지 않는 한
아무것도 아닌 거지
그냥 그게
그저 그런 거지

나는 아직도 깜짝 놀란다

나는 아직도

낯선 구호와

전혀 새로운 주장

해독할 수 없는 기호 앞에서

깜짝 놀란다

꽃 속에 잠복한 가시에 가슴을 베인

머슴애같이

낯선 길 위에서 방향을 잃은

소녀와 같이

그 놀라서 벌어진 눈동자같이

생의 한 커브를 돌아

알 것도 같고 모를 것도 같은

표지판 앞에서

지금은 내 나이를 생각하고

깜짝 놀란다

가슴이 미어터지는 그리움으로

인생이여,

고통이여,

얼마든지 나에게 오라

내 머리 위에 사계절이 한꺼번에 쏟아져도 되겠다

너희들을 밟고 갈 것이다

맨발로 가라면 맨발로 가고

기어서 가라면 기어서 가겠다

봄은 머리에 이고

여름과 가을은 옆구리에 끼고

나는 겨울 속으로 걸어가겠다

고통을 밟고 가겠다

온몸에 피를 묻힌 채

겁에 질려 부들부들 떠는

가엾은 젊은이의 눈동자도 가까이서 바라보았다

비쩍 마른 젊은이의 옆구리에서

한 양동이의 피가 쏟아지는 것도 보았다

그의 눈을 내가 감겨주었다

도망치라고 아무리 권유해도 못 박힌 듯 그 자리에 서있던

가엾은 젊은이는 그 길로 캄캄한 어둠 속으로 끌려갔다

나는 그를 등지고 화창한 봄날 속으로 한없이 걸어갔다

물론 가슴을 땅에 대고 엎딘, 심장의 고동이 멈춰버린 그
젊은이도 등진 채였다

가도 가도 길은 끝이 없었고 자꾸만 구부러졌다

생채기로 해일처럼 밀어닥치는

고통의 터널을 지나

그해 겨울에 푸시킨의 시를 만났다

아주 낯익은 시였지만

그해 처음으로 똑똑히 이해했던 것이다

삶이 그대를 속일지라도

슬퍼하거나 노여워 말라고

슬픔의 날을 참고 견디면

머지않아 기쁨의 날이 온다고

현재는 언제나 슬프고 괴롭다고

마음은 언제나 미래에 사는 것이라고

그리고 또 지나간 것은

항상 그리워지는 법이라고

한 줄 한 줄 똑똑히 가슴에 새긴 것이다

그의 형형한 눈빛

그는 눈으로 말한다
그 형형한 눈빛으로
내게 명령한다
그만 가보는 게 좋을 거야
그의 눈은 이미 구름 너머를 보고 있다
그는 굳게 다문 입으로
소리 내지 않고 말한다
더 이상 기대하지 않는 게 좋을 거야
네게 바칠 시간 따위는 이제 없어
그는 어색한 손으로 말하고
찡그리는 눈썹으로 말하고
초조한 발로 말하고
권태가 내려앉은 이마로 말하고
드디어는 온몸으로 말한다
지루한 시간이
지루한 대화들이
연기처럼 내 숨통을 막아
저것 봐, 지루한 구름에게
포위당하기 전에
어서 빨리 여기를 떠나라고

이 모든 것보다 백 배는

더 지루한 당신이 지루하다고 말한다

두려운 사랑

야, 이 잡놈아,

날 위해서 목숨을 버리니까 좋더냐

눈이 머니까 좋더냐

그리도 좋더냐

왕의 남자에서

공길이의 남자가 눈이 먼 채

왕 앞에서 줄을 탈 때

공길이가 외쳤던 외마디다

자신도 모르게 가슴에서 터져 나온 비명이다

왕의 남자는 공길이었는지 몰라도

공길이의 남자는 왕이 될 수가 없었다

공길이의 남자는

목숨을 걸었기 때문이다

공길이가 함정에 빠졌을 때

그는 주저하지 않고 죄를 뒤집어썼다

한 치의 주저도 없이 벼랑 아래로 뛰어내렸다

그는 머뭇거리지조차 않았다

벼랑 아래는 아무것도 없었다

허공밖에는

사랑은 무섭다

사랑은 희생을 요구한다

사랑은 파괴를 원한다

사랑은 삶이 되기를 거부한다

사랑은 내가 알고 있는 것보다

훨씬 더 두려운 무엇인 것 같다

그래서 사랑에 목숨을 건 남자는 천하잡놈인 것이다

사랑에 눈먼 남자도 마찬가지다

순응과 타협과 단념과 분별을 모르고

평화와 안정과 보장된 미래를 박차는 놈은

미친놈인 것이다

이런 사랑이 감히 내 것이길 바라겠는가

꿈에라도 바라겠는가

피비린내 나는 사랑,

목숨조차도 아무것도 아닌 사랑

규정지을 수 없는 사랑

천 길 벼랑으로 뛰어내리는

오, 두려운 사랑

오늘도 무사히

베를리오즈 자신이
자서전에서 이렇게 말했다고 한다
"예술가의 생애에서는 때때로
벼락같은 충격을 잇달아 받을 때가 있다
그것은 마치 큰 폭풍우가 천둥을 부르고
돌풍을 휘몰아오는 것과 같다"
어느덧 아침 시간이 다 지나가버렸다
나는 남의 생애에서나 벼락같은 충격을 엿볼 뿐이다
오늘도 무사히!

푸른 종소리

그 밤

멀리서 들리던 종소리

찾아

숲을 지나

언덕을 지나

안개 낀 골목골목을 지나

탁 트인 광장

높이 솟은 종탑에 이를 때까지

한밤을 그렇게 헤매고 나니

푸른 종소리

내 가슴에 돋아

일어나라

일어나라

소리치나니

꾸불꾸불한 골목을 지나

언덕을 지나

숲을 지나

푸른 종 매달고 돌아오던

그 밤

털썩 무릎 꿇던

그 밤

가을날에

나뭇잎 지는 것 보고 있으니

세상의 모든 소리 중에서

지는 소리만 들린다는

어느 노시인의 말씀이 생각나네

세상의 많은 소리 중에서 지는 소리만 들린다는 건

세상의 낮은 소리와

세상의 아픈 소리만 들린다는 말씀일 텐데

저처럼 지는 것이 어디 나뭇잎뿐일까

해도 지고 꽃도 지고

사랑도 지고 그림자도 지고

별들과 새들은 하늘에서 지고

흐르는 강물과 내리는 빗물은 땅에서 지고

이제는 내 가난한 마음도 지고

간혹 어이없는 목숨도 지고

우리도 언젠가는 져야만 할 목숨이지만

세상의 모든 소리 중에서

지는 소리만 가려듣는 노시인의 귀에는

감꽃 지는 소리만 무성했으면 좋겠네

쓸쓸한 날의 소망

내가 나의 고통을 이야기하면
너는 너의 고통을 이야기한다
내가 돌아서면 너의 고통을 잊듯이
너도 돌아서면 나의 고통을 잊는다
이제까지도
묵묵히 혼자 견뎌오지 않았던가
내가 너의 적이 되지 않기를 바랄 뿐이다

엘리펀트 송

엘리펀트 송을 봤는데
갑자기 대화가 하고 싶어졌다
엘리펀트 송 봤어?
자비에 돌란 연기가 일품이지?
나는 돌란이 감독인 줄 알았는데 배우도 했어?
한없이 연약한 듯하면서도
섬뜩한 긴장감을 느끼게 하잖아
각본도 탄탄하고 반전도 놀라워
대화의 복선도 흥미로워
난 이런 영화 좋아해
반전이 애거사 크리스티를 생각나게 하더라
주인공이 정신병에 대한 나의 편견을 깨트렸어
그런 점이 좋았어
엘리펀트가 상징하는 건 사랑이라고 생각해
마이클이 애타게 갈구했던 사랑과 자유
동물 중에 유일하게 코끼리가 눈물을 흘린다잖아
이런 말들을 하고 싶었는데
불행히도 들어줄 사람이 없었다

대화

잠이 안 온다고 그가 뒤척인다

구구단을 외워봐 그게 효과가 있더라

누가 빨리 외우나 해볼까

그는 대답을 안 한다

당신 열 가지만 갖는다면 뭘 가지겠어?

생각하지 말고 얼른 대답해 봐

라이터, 칼, 의복, 식량, 튼튼한 신발, 나침판, 손전등

그는 무인도에 있는 상상을 한다

곁에 있는 그에게서 희미한 원시의 냄새가 난다

나는 가족, 컴퓨터, 자동차, 책, 안경, TV, 핸드폰, 화장품

그는 내가 자기를 속였다고 생각한다

내 경우엔 잠이 안 올 땐 호흡에 집중하는 게 가장 효과가

있더라

천천히 단전에 힘을 주고 복식호흡을 하면,

그는 잠든 것 같다

숨소리가 고르다

아무 기록할 것이 없는 생이기에

하루하루가 지워진다

바람에 불려 훅 날아간 날들이다

붙잡고 싶은 생이 떠밀려 간다

속절없이 조용히

미야자와 겐지

　스타벅스 쿠폰이 있어서 커피 마시려고 걸어가다가 갑자기 미야자와 겐지의 시가 생각났다. 비에도 지지 않고 바람에도 지지 않고 눈에도 여름 더위에도 지지 않는 튼튼한 몸으로 욕심은 없이 결코 화내지 않으며 늘 조용히 웃고 하루에 현미 네 홉과 된장과 채소를 조금 먹고 모든 일에 자기 잇속을 따지지 않고 잘 보고 듣고 알고 그래서 잊지 않고 들판 소나무 숲 그늘 아래 작은 초가집에 살고…

　여기까지 읽고 나는 카페에 들어온 사람들이 추위에 졌구나 생각하고 혼자 웃었다. 비에도 바람에도 추위에도 여름 더위에도 지지 않을 방도가 있나. 그건 그냥 마음가짐이겠지. 이렇게 단순하고도 아름답게 노래한 미야자와 겐지도 실제로 지지 않는다고 생각한 건 아니겠지. 나는 지지 않는 사람인가, 아주 작은 일에도 곧 지고 마는 사람인가. 확실한 건 이겨야겠다는 마음보다 어떻게 이겨라고 생각하는 쪽이겠다. 나는 갈등에 약하고 갈등을 피해 가지만 마음속으로는 지지 않는다고 생각하는지도 모르겠다. 그런 것을 밝혀도 밝히지 않는 잡초의 생명력이라고 하는 것이겠지. 나는 커피와 파니니를 먹으며 겐지의 시를 마저 읽었다. 읽다가 갑자기 병에 걸린 친구를 생각했다. 그는 얼마나 황망할까. 그는 미야자와 겐지의 '비에도 지지 않고'

라는 시를 알까. 나는 친구에게 겐지의 시를 보내 주려다가
말았다. 겐지가 병마에 지고 말아 이 시를 쓴 다음 해인 37
세에 급성 폐렴으로 죽었기 때문이다. 이틀 전 전화에서 친
구는 나는 67세야. 많이 살았어. 이제 죽어도 여한이 없어.
그렇게 말했다. 나는 그에게 시를 보내지 않았다.

"동쪽에 아픈 아이 있으면/가서 돌보아 주고//서쪽에 지
친 어머니 있으면/가서 볏단 지어 날라 주고//남쪽에 죽
어가는 사람 있으면/가서 두려워하지 말라 말하고//북쪽
에 싸움이나 소송이 있으면/별거 아니니까 그만두라 말하
고//가뭄 들면 눈물 흘리고/냉해 든 여름이면 허둥대며 걷
고//모두에게 멍청이라고 불리는/칭찬도 받지 않고 미움
도 받지 않는//그러한 사람이 나는 되고 싶다"- 미야자와
겐지

일상

삶이 좀 지루해졌다
한밤중에 종종 깨어난다
차를 타고 멀리 떠나고 싶다
지금과 다른 삶을 살 수 있을까
로키산맥의 깊은 원시림 속으로 갈 수 있을까
한 번도 가보지 못한 사막에서
주먹만 한 별이 떨어지는 걸 목격할 수 있을까
미친 듯이 세상의 끝으로 달려갈 수 있을까
파멸과 훼손의 느낌을 간직한
지친 눈빛의 여자가 터벅터벅 걸어가는 걸 본다
나무와 땅과 하늘과 황혼과 구름에게
말을 거는 여자가 보인다
나는 전속력으로 그 여자를 지나쳐 간다
가다가 슈퍼에 들러 휴지와 세제와 청소기를 사고
서점에 들러 여름에 읽음 직한 추리소설을 사고
집 근처 빵집에서 호밀 빵과 커피를 사고
친구 문병을 가고 연락이 끊긴 친구의 안부를 묻고
계란프라이를 하고 문단속을 하고
새로 장만한 흰색 여름 매트를 깔고
하루를 마감할 것이다

일상이 공기처럼 자연스럽게

몸에 스며들길 바라면서

오오, 나의 귀여운

나의 몬스터
하루 종일 나를 따라다니는
귀찮은 존재, 하지만
네가 없다면 나는 미치리라
나의 포켓몬스터
잠시도 내게서 떨어지지 않아
화도 내고 짜증도 내지만
너는 달고 결국 나는 굴복한다
오오, 나의 귀여운 아가
세상 끝까지
주머니에 넣어 가고 싶지만
필경 너는 달아나겠지
내 가슴에 커다란 구멍을 뚫고

이솔라 티베리나

잠 안 오는 밤,
섬에 갔었다
오래도록 다리를 산책했다
다리에서 강물을 내려다보는 것은
나 혼자뿐만은 아니었다
강기슭에 심어진 플라타너스들은 모두
제 얼굴을 들여다보듯이 강으로 얼굴을 내밀고 있었다
엄마, 나무들이 강에 빠지려고 해
작은딸은 소리 지르며
강물 위에 부서지는 열나흘 달빛처럼
춤을 추는 것이었으나
기다리는 것은 오지 않는다는 걸
강물을 가르치고 싶어 했을까
오래도록 다리난간에 기대어
그랬었군, 그랬었군
몸을 수그린 여자가
너를 가둔 강물에
얼굴을 비추며
오래도록 서성이던 이유를 나무들은 알았을까
흘러가 버린 것들은 다시 돌아오지 않는다

왜요, 왜죠?

새가 울었어요

왜요, 왜죠?

버릇처럼 시계를 보았어요

새벽 다섯 시였어요

오래간만에 아침을 만났어요

줄잡아 일만 번 이상

그래도 낯설었어요. 그대만큼

아침은 차거나 맑거나 투명하지 않았어요

모든 것이 생각 나름이라는 듯

조용히 비웃으며 불투명했죠

비로소 제대로 아파보고 싶다고 생각했어요

그러니 돌아오면 안 되죠

힘들게 멀어져 갔으니

지금처럼 손 닿지 않는 곳에 계시기를

왜요, 왜죠?

보이지 않는 곳에서

우는 새처럼

내 안에 있지만

도무지 찾을 수 없는 당신

사치도

그는 섬을 좋아한다
그는 전라도 사치도에서 태어났다
그가 가자는 곳은 언제나 섬이다
작년 여름엔 엘바섬이었고
올해 바쁜 일이 좀 끝나자
제일 처음 가자는 곳이 이스키아섬이었다
"이름이 고급스럽잖아"
그가 가자는 이유였다
그러나 이스키아섬은 이름처럼
그렇게 고급스럽지는 않았다
거긴 그냥 섬일 뿐이었다
고급스럽기로 말하자면
사치도를 따라갈 수 있겠는가

감자

내가 감자를 만지고 있을 때마다
그가 잔소리를 했다
감자 싹은 독이야,
잘 도려내야 한다고
속으로 그걸 누가 모르나,
그런 건 어린아이도 안다고 속으로 대답했다
감자를 볼 때마다
싹이 조금만 나있어도
그는 자꾸만 같은 말을 반복했다
그걸 누가 모른단 말인가 하고
또 대답을 안 했다
어느 날 그날도 감자 싹이 위험하다고
먹으면 큰일 난다고 하길래
처음으로 대꾸를 해주었다
그걸 모르는 사람이 어디 있단 말이야
초등학교 교과서에 나오잖아
왜 자꾸 같은 말을 반복하는 거야?
그 이후로 감자 싹에 대한 잔소리는 없어졌다
그가 같은 말을 계속해서 한 이유는
내가 대답을 안 해서였다

알았어, 하기가 뭘 어렵다고
대답을 안 해줬단 말인가
혹시 내가 지금까지 대답을 안 해줬다면
오늘도 감자 싹을 잘 도려내라고
한마디 했을까
그건 독이니까

11월의 달

11월은 나의 달이다
차고 시리고 얼마간 쓸쓸하고
무분별한 나의 11월
너와의 거리는 닿을 수 없는 거리인가,
나는 가늠하고 또 가늠한다
너는 왜 거기서 빛나는가,
나는 또 묻고 물었다
너는 대답하지 않았다
아마도 영원히 대답하지 않을 것이다
그저 나의 결핍을 인정하라고만 했다
내 손이 닿을 수 없는 곳에,
내가 다가갈 수 없는 곳에,
내가 품을 수 없는 곳에,
너는 비웃듯 차갑게 빛나면서
덩그러니 떠있다

모른다는 죄

다른 사람은 다 알아도
내가 모를 때는 모르는 것이다
아무리 알아듣게 가르쳐도
모르는 것은 모르는 것이다
사랑도 인생도 가르쳐서 되는 일이 아니다
그녀가 사랑에 실패한 까닭은 사랑을 몰랐기 때문이다
그가 인생에 실패한 까닭은 인생을 몰랐기 때문이다
단지 몰랐다는 죄밖에는 없는 것이다

나의 믿음은

1.
우리의 사랑은
원수를 사랑하기까지
우리의 희생은
목숨을 버리기까지
우리의 용서는
일곱 번씩 일흔 번까지
그러나 우리의 믿음은
겨자씨만 하면 된다고 한다
우리의
겨자씨만 한 믿음으로
산을 옮기고
물 위를 걸을 수 있다고 한다

2.
나의 사랑은
나를 넘지 못하고
나의 희생은
쥐꼬리보다 작고
나의 용서는

세리보다도 인색하나
나의 믿음은
나의 심장에 있으니
누가 알랴 나의 가장 깊숙한 그곳
샅샅이 헤치고 들춰보면
아직 발아하지 못한 겨자씨 한 알
숨겨져 있을지

사랑 1

사랑은 누구에게나
섬광처럼 다가오진 않는다
큐피드의 화살처럼
쏜살같이 날아와 박히지도 않는다
물론, 카메라 플래시처럼
펑 하고 터지지도 않는다
사랑은 많은 경우
우리를 기다리게 한다
마치 몇 년 만에 한 번씩 시를 쓰는 시인처럼
그것은 답답하고 막막한 일이 된다
사랑이 우리에게 다가오는 동안
우리는 무거운 구름이 되어간다
사랑은 소나기가 되어 내리고
강물이 되어 흐르고
이윽고 바다로 나가고 싶어 한다
그러나 사랑은,
권태에 빠진 사내가
사랑을 할 때 흘리는 땀방울처럼
서서히 떨어질 뿐이다
관능은 일찍 깨어 조로하고

정작 사랑은 깨어날 줄 모른다

그러는 동안 사랑이란 미명 아래

온갖 어리석은 일들이 벌어진다

그 어리석음이 때론 우리를 구원하고

때론 우리를 파멸의 구렁텅이로 몰아넣는다

날카로운 구두를 신고

깨어진 보도블록을 걸어가는 것처럼

우리는 굽이 빠지지 않도록 조심해야 한다

어쩌다 가끔 편한 산책화로 바꿔 신을 때도 있지만

언제라도 발가락에 힘을 빼서는 안 되는 것이다

사랑하는 사람들은 알아야 한다

좋은 것 뒤에는 언제나

나쁜 것이 따라다닌다는 것을

그러나 사랑은 확고한 신념,

믿음이라는 것도 알아야 하리라

그것이 없었다면 우리는

기다리지도 않았을 것이고

사랑하지도 않았을 것이다

핑퐁

　카페베네에서 박민규의 "핑퐁"을 한 시간쯤 읽다가 이제
일하러 가야지, 하고 나는 생각했다.
　일하러 가야지라고 생각하면서 기지개를 켰다. 일하러
가게 돼서 다행이야, 라는 생각이 들었다. 다행이라서 얼
마나 다행인가, 라는 기분이었다. 카페에서 책을 읽는 것은
한 시간쯤이 가장 적당하다는 생각이 들었다. 어쩐지 나는
핑을 한 기분이었다. 기분 좋게 핑, 핑핑.

　병원 일은 어렵지 않았다. 그는 창백해 보인다, 라고 차트
에 적었다. 그녀는 로비를 돌아다닌다라고도 썼다. 그는 무
감동 무관심으로 아무것에도 관심을 보이지 않는다, 그는
가벼운 열이 있다. 그녀는 속이 쓰리다. 그는 약에 집착한
다. 그의 소변이 오렌지색이다. 손이 부었다. 잠만 잔다 하
는 것들을 적어 넣으면 되었다. 전 병원에 다닐 때 그렇게
적다가 선생님, 소설 쓰지 마세요라는 말을 진짜로 들었다.
그때 속으로 깜짝 놀랐다. 내가 소설 쓰는지 어떻게 알았
니? 봤니, 봤어? 퐁, 퐁퐁.

　일을 마치고 동료와 지하 주차장으로 내려갔다. 내 차가
보이지 않았다. 그 조그맣고 귀여운 것이 안 보였다. 선생

126

님, B3에 세우신 거 아니에요? 아니, B2 맞는데, 분명히 여
긴데. 이상한 일이네 하면서 B3로 내려갔다. 아니 내려가
려는 중이었다. 내려가려고 엘리베이터 앞까지 왔는데 뜬
금없이 "누가 내 치즈를 옮겼을까?"가 생각났다. 옮긴 것이
아니라 먹은 것이라면 큰일이군 거기까지 생각하다가 오
늘은 차를 가지고 오지 않은 것이 생각났다. 이런, 차를 안
가지고 왔어요! 왠지 펑을 한 것이 아니라 펑을 당한 기분
이었다, 어이없이 펑, 펑펑.

　　신이문역에 내려야 하는 그녀는 1122번을 타고 떠나고
내가 타야 할 버스는 오랫동안 오지 않았다. 아이폰으로 날
씨를 검색했더니 영하 4도였다. 영하 4도는 견딜만한 추위
였다. 그날의 일기예보를 못 보면 스트레스를 받는다는 사
위가 생각났다. 여름에 유럽여행을 떠난 사위가 다 좋은데
일기예보를 못 봐서, 라고 말꼬리를 흐렸다고 했다. 아직
도 레고를 좋아하는 아이들이었다. 딸이 생일선물로 받은
레고로 만든 메리고라운드를 자랑스럽게 보여줬을 때 나
는 내 기분을 설명할 수 없었다. 갖고 싶기도 하고 그것 때
문에 포기한 다른 모든 것이 생각나는 선물이었다. 딸의 두
번째 선물은 아이패드였다. 그건 확실히 갖고 싶은 선물에

속했다. 경쾌하게 퐁, 퐁퐁퐁.

　외대 앞에 내려 천천히 걸었다. 좁은 은행 골목길에 불을
환하게 밝힌 카페가 있었다. 장식으로 벽면에 붙인 도넛이
선명하게 보였다. 손님은 한 명도 보이지 않았다. 며칠 전
만난 사과 장수가 생각났다. 맛보기로 준 사과는 맛있었는
데 정작 담아준 사과는 별로였어요. 그래도 진짜 맛없었으
면 다시 찾지 않았을 텐데 괜찮았으니 다시 찾아주셨군요.
아저씨가 사근사근 받았다. 그러면서 내가 고른 것이 아닌
다른 박스의 사과를 주었다. 가끔 맛에 예민하신 분들이 있
어요. 이걸로 가져가세요. 오래전 나빴던 기억이 아저씨의
친절로 상쇄되었다. 낮에 갔던 식당은 맛이 없었다. 잘 먹
고 갑니다, 라는 인사가 나오지 않았다. 그저 그랬거든요.
당신을 향해 핑, 핑핑.

　엄마 빨래해야 하는데 언제 와? 그런 건 네가 좀 하면 안
되겠니, 하려다가 요즘 밥을 소홀히 차려준 생각이 났다. 빵
과 콘플레이크와 라면과 마지막으로 밖에서 전주비빔밥을
사주었지. 조 선생이 돈 버느라 7년간 나다녔더니 아들이
맥주와 통닭과 패스트푸드를 많이 먹어 비만에 지방간이 되

었다고 탄식하는 것을 어제도 아니고 그제도 아니고 오늘 들었다. 그 얘기를 듣자마자 딸에게 전화를 하지 않았던가. 어제도 아니고 그제도 아니고 바로 몇 시간 전이었다. 딸, 오늘 뭐 먹었니? 쓸데없는 거 먹으면 안 된다. 걱정 마. 친구 네 집에서 김치찌개 먹었어. 휴, 하고 바로 안심이 되었다. 알았어. 집에 다 왔어. 어서 문 열어! 핑퐁 핑퐁 핑퐁.

연가 3

나
한 잔의 커피를 마실 때마다
그대를 떠올린다
쓰디쓴 검은 액체 속으로 떠오른
그대를 마시며 운다
그만, 삼킬 수밖에 없는 그대인가 싶어서

4부

나쁜 사랑

나쁜 사랑

우리는 종종 나쁜 사랑에 매혹된다
잘 생각해보면
그 사랑은 나쁜 사랑이었다
그러나 우리의 사랑은 절정에서 시작되었다
당신과 나 모두
그 사랑을 거부할 힘이 없었다
거부해야 할 그 어떤 이유도 찾을 수 없었다
설사 이유를 찾았다 하더라도
우리를 묶는 힘이 너무도 강렬해서
다른 모든 것은 하찮게 생각되었다
세상에 나쁜 사랑, 좋은 사랑이란 없다
그냥 사랑이 있을 뿐

나만의 사랑

그는
그가 줄 수 있는 모든 것을
내게 주었다
그가 줄 수 없는 것을
나는 바라지 않았다
그것이
나만의 사랑이었다

사랑이 깊어질수록
나는 그가 줄 수 없는 것을 바라게 되었다
그것은 파국의 시작이었다
나중에 후회했지만
엎질러진 물이었다
그는 멀리멀리 도망갔다

연애

전에 우린 서로 연애했었지
서로 사랑했었지
나의 삶에서 사랑은 너무 고결한 것이었다
그러나 이젠 그 빛이 사그라져 버렸다
나에겐 아무것도 남지 않았다
아니구나, 무엇인가 있다
분명 무엇인가
우린 좋은 때를 함께했지
함께 웃고 떠들고 와인을 마시고
함께 무슨 일인가를 축하했던 일이
그래, 나는 너의 어깨너머 모든 일을 보았지
서로 꽉 끌어안고서
일어나는 모든 일을 보았지
언제나 너는 나의 주의를 끌었어
눈이 올 때도 비가 올 때도 바람이 불 때도
너는 나의 중심이었어,
좋은 때는 지나가 버렸다
모든 좋은 것은 지나간다
어쩔 수가 없는 거겠지
내 옆에 있었다면 좋으련만

그럴 수 없다는 걸 나는 알았지
그렇지 사랑을 할 때가 있고
사랑을 멈출 때가 있는 것이다
세상 모든 일이 그렇듯이…

나쁜 사랑

사랑 3

내게 사랑을 가르쳐 준 사람은 그였다
그가 내게 가르친 것은 솔직함이었다
엄밀히 말하면 그가 가르쳤다기보다
그를 보면서 스스로 깨우쳤다는 게 맞다
내가 마음을 열고 솔직하게 대하자 사랑이 내게 걸어왔다
새로운 세상이 열렸다
그가 두 번째로 가르친 것은 올인이었다
올인하지 않고서는 사랑을 얻을 수 없다
사랑이 우리에게서 멀어진다
내가 배운 것이다

무제

나의 기다림은 끝났다

네가 다시는 오지 않을 것임을 나는 저절로 알게 되었다

기다림은 끝없이 기다릴 때에만 의미가 있었다

기다리고 기다리고 기다리고 있을 때

차라리 아름다웠다

나의 기다림은 끝났다

너는 더 이상 오지 않을 것이다

나도 더 이상 기다리지 않을 것이다

네게 가까워질수록 나의 기다림은 짧아졌다

짧아지다가 아예 없어졌다

너를 만난 순간,

나의 기다림은 박살이 났다

기다림이 없으면 그리움도 없다

얼음호수

네가 차에서 내려
얼음호수에 가자고 했을 때
나는 뛸 듯이 기뻤다
네가 성큼성큼
호수의 중심으로 걸어갔을 때
나는 마치 미끄러지듯 따라갔다
내가 얼음호수 위를 걸었을 때
물 위를 걸었으니 기적이라고
너는 눈부신 얼굴로 말했다
별이 쏟아지는 밤에
너는 눈 덮인 호수 위에 편지를 쓴 적이 있었다
별에게 쓴 거니?
아니, 호수에게 쓴 거야
뭐라고 썼는데?
보고 싶다고 했지
너의 대답에 내가 미소 짓자
빙어가 발바닥을 간질인다고
부끄러워서 얼굴이 붉어진 네가 펄쩍 뛰었다
얼음구멍마다 빙어가 올라오고 있었다
네 발바닥을 간질이던 은빛 빙어 떼가

얼음을 뚫고 몰려와

내게 전부인 당신이라고,

30년 만에 답장을 쓴다

눈 내리는 밤

잠들기 싫다
밤새도록 앉아서
내 등으로 내리는 눈의 무게를 느끼고 싶다
눈의 무게가 삶의 무게려니,
차고 시린 게 삶이려니
나는 좀 알아야겠다
삶이 비눗방울 같던 때도 있었다
그것들은 너무 가벼워서
내게 닿기도 전에
사라져버리곤 했다
그땐 참 즐거웠지?
참 행복했지?
철없었지?
잠 같은 건 걱정하지도 않았지?
발걸음도 가벼웠지?
오, 행복은 다 어디로 갔나?
약속은 덧없었고
찬란한 무지개는 거짓이었나
특별히 불행해서 불행한 것이 아니었듯이
특별히 행복해서 행복한 건 아니었을 텐데

무게를 느낄 새도 없이
내게서 멀어져 간 것들이
오늘 밤
눈이 되어 내린다
나를 덮치듯이
너의 무게로 내린다
나는 이제라도 알아야겠다
차고 시린 것이
어째서 너인지

나쁜 사랑

두리안

우리는 그날 처음 만났다
그냥 그렇게 우연히, 운명처럼
겨울이었고 찻집은 산속에 있었고
우린 둘 다 쌍화차를 마셨다
쌍화차는 진했고 값이 비쌌다
추운 겨울날 대추가 들어간 진한 쌍화차를
나는 남김없이 마셨다
그가 나를 별로 쳐다보지 않았으므로
나는 좀 우울했다
그는 알고 보니 보석 같은 남자였고
나는 그런 그를 일찍 알아보지 못한 내가 좀 한스러웠다
그가 찻값을 계산할 때
그의 뒤에 서있던 내게 그의 어깨가 보였다
나는 그날 처음 남자의 어깨도
말을 한다는 걸 알았다
지나고 나니 그때가 가장 아름다웠던 시절
뭐 그렇기야 하겠느냐마는
겨울이 되고 눈이라도 내릴라치면
어느 해 겨울 산속 찻집에서 마시던
쌍화차가 떠오르기도 하는 법이다

그가 나에게 두리안 먹는 법을 가르쳤고
그로 인해 나는 두리안처럼 익었고
달콤해졌으리라
그런 시절이 있었으므로
이따금 고난의 강을 건널지라도 익사하지 않고
살아나갈 수 있는 것이 아닌지
생각해 보는 것이다

나
쁜
사
랑

삶의 기쁨

어느 소도시 이 층 카페 엔제리너스에서
바깥 베란다 자리에 앉아 커피를 마셨다
봄이었고 날이 따뜻했다
미풍이 내 얼굴을 스치듯 지나갔고
주말이었고 이 차선 도로에 차들이
한가롭게 지나다녔다
오전 열한 시쯤 되었을 것이다
나는 느긋하게 앉아 거기가 마치
프로방스나 되는 듯이 밝은 햇살 아래서
명랑한 기분으로 커피를 마셨다
카페는 아이를 데리고 나온 부부들과
삼사십대 젊은 여자들로 북적거리고
적당히 시끄러웠다
나는 누군가를 기다리고 있었고
아무 이유도 없이 행복했다
마치 세상을 다 가진 듯이
행복이라고 불러도 될 어떤 감각이 나를 휩쓸고 지나갔다
오로지 그날 치의 삶의 기쁨을 느끼고
내일을 걱정하지 않았다
마치 내겐 내일이 없는 것처럼

햇살의 단순한 촉감에 몸을 맡기고
드러난 팔뚝에 감미로움의 파동을 느끼고
인생의 가벼움에 미소 지었다
나는 무사태평했던 것이다
다시는 그렇게 무사태평한 상태로
돌아갈 수 없으리
다시는 그처럼 행복감을 만끽할 수 없으리
이미 나는 삶의 기쁨을 마셔버린 것이다
한 치의 망설임도 없이. 몽땅

어느 눈 오는 밤에

온 세상에
눈송이 흩날린다
내가 세상이라고 믿는 이곳에
무지막지하게 눈이 내린다
눈이, 나리고 나리고
또 나린다

오늘 밤
나를 알아보는 눈 밝은 자여
떨어진 내 꿈을 주워
먼지를 털어주는 자여
내가 흘린 눈물을 주워
영롱한 진주라고 우기는 자가
내 앞에 앉아있다

어느 눈 오는 밤에
수만 송이 눈이 되어 나를 응시하는 자여
내 마음의 결을 보아주는 자여
내가 세상이라고 믿는 이곳에
세상을 세상답게 만들어주는 눈이
푹푹 나려 내 존재를 감싼다

맥모닝

아침에 브런치를 하자고 집 앞에 온 남자와

맥도날드에 간다

가서 맥모닝을 먹는다

맥모닝은 아침 열 시 반까지만 한다

너는 회색 스웨터와 회색 골덴 바지를 입었다

네가 밀크쉐이크를 마실 때마다 크림이 입술에 묻는다

나는 네 입술을 닦아주고 싶어 움찔한다

창밖으로 지나가던 여자가 나를 보고 인사를 한다

좋은 아침이라고 말하고 싶은 얼굴이다

고작 이십 년

사랑은 네가 나를 떠나도
나는 떠나지 못하는 데 있다
네가 나를 떠나서
나도 돌아선다면
우리 사이에 사랑은 없었던 거다
애초에 없었던 거다
네가 떠나도 나는 남겠다
네가 한 번 돌아온 걸로 만족하겠다
그래서 한 이십 년 다시 한번 기다려 보겠다
사랑이 어떻게 자라나는지 이제는 눈물 없이 지켜보겠다
고작 이십 년
나에겐 고작 이십 년

산책

나는 네 팔을 잡고 걸었다
그러고 싶었다
아는 여자가 인사를 하고 지나갔다
나는 네 팔을 놓았다
이 남자, 그만 좋아해야지
안 되겠네, 그런 생각이 들었다
어떻게 안 좋아할 수가 있을까
어떻게 오지 말라고 할 수 있을까
네가 안 오면 나는 그러려니 하고
잊을 수 있을까
너를 붙잡지는 않겠지만
나는 그만 영원히 늙어버리겠지
너를 잃으면 나는 다시는 빛나지 않겠지
내 미소도 빛을 잃겠지
나는 영원히 시들어 버리겠지
아무에게도 말하지 못한 채

꼬냑 마시는 밤

꼬냑은 프란체스카의 술이다
메디슨 카운티의 다리에 나오는
메릴 스트립이 연기했던 그 여자,
프란체스카는 마음이 심란할 때 마시려고
찬장 한편에 언제나 꼬냑을 숨겨두곤 했다
그녀는 꼬냑 한 모금에
일상의 권태에서 빠져나오곤 했다
그날 밤의 꼬냑이 내게 그랬다
그레고리 포터와 마이클 부불레의 노래를 크게 틀고
나는 꼬냑 한 모금을 마시고
이마를 수그린 채 울었다
참회할 것이 너무 많아 모두 기억할 수 없었기 때문이었다
나의 참회를 받아줄 사람이 없었기 때문이었다
나의 갈망이 타오르다가
결국은 재가 될 것을 몰랐기 때문에
나는 시간의 잔해에 엎드려 울었다
서쪽으로 지는 황혼의 오렌지색과 같은 꼬냑 한 모금이
내 목줄기를 타고 구불구불 내려가 불타는 강이 되었다
꼬냑은 이제 프란체스카의 술이 아니라
더는 누군가를 사랑할 일이 없는 여자가

부엌 불을 캄캄하게 끄고 마시는

가난하되 마음을 굽히지 않는 여자의 술이 되었다

날개

나는 산 자의 편에 서있다

이쪽에서 저쪽으로 건너가지 못한다

그건 너무 큰 결심을 필요로 하고

나는 좀체 결심하지 못한다

산 자의 편에는

이별과 상심과 허영과 우울이 존재한다

아흔아홉 개를 가진 자가

마지막 한 개를 탐낸다는 말은 거짓말이 아니었다

사랑하는 사람을 놓친 이후로

내 혈당은 고공 행진을 하고

눈에는 작은 날개 가진 것들이 산다

내가 정작 원한 건 날개 가진 사람이었지만

내 눈에 사는 날개 가진 것들은 하필

쓸모없는 것들이었다

날개만 있다면 나는

너의 중심으로 날아갔을 텐데

너는 심연의 건너편에 서있고

나는 날개가 없다

내가 가진 날개는 너무 얇아서

비에 금방 젖는다

심연은 절망으로 빛나고
나는 날개가 없어 건너지 못하는 심연에
돌을 던진다
아무리 기다려도 돌은 바닥에 닿지 않는다

나
쁜
사
랑

어느 나이 든 여인의 독백(서간)

오래된 소설, 김채원의 "겨울의 환"을 다시 읽다 보니 거기 나이 든 여자의 떨림에 대해 나오네요. 저는 나이 든 여자의 떨림에서 떨림보다는 나이 든, 에 주목하게 되었습니다.

작가들이나 다른 여자들이 나이 들었다, 할 때가 도대체 몇 살이나 될까 하는 것에.

"겨울의 환"에서는 마흔셋이었습니다. 오, 마흔셋. 저는 탄식했어요.

그 나이보다도 스무 살이나 더 많은 저는 이제 아무것에도 떨려서는 안 되는 것일까 하고요. 이제쯤에는 내 안에 든 여성성을 포기해야 하는 것일까 하고요.

남들은 그런 자각을 언제쯤 하는 것일까 하고요. 하기는 김채원, 그이만 그런 것은 아닙니다. 전경린이나 신경숙이나 은희경처럼 여성에 대해 민감한 소설을 쓰는 이들도 모두 마흔 즈음의 여자들을 표현하면서 나이 든이란 표현을 서슴지 않았습니다.

저는 그런 글을 읽을 때마다 매우 주목해서 읽었기 때문에 잘 기억하고 있다고 생각합니다.

그네들이 차츰 더 나이가 들어서 소설을 쓰면 마흔이나 서른 후반의 여자들을 나이 든 여자라 표현하지 않게 될 것이라고 저는 확신합니다. 제가 잘못 생각하고 있는지도 모르지요.

마흔이 넘으면 확실히 나이 든 여자니까요. 하지만 제가 마흔일 때 어땠나요.

저는 그때 아직 젊었습니다. 제 안의 여성성에 대해 한 치의 의심도 없었습니다.

지금은 어떨까 생각해 봅니다. 지금은 제 안에 든 나이 든 여자의 떨림이 조금이라도 밖으로 새어 나올까 매우 조심하게 됩니다. '늙어가는 것이 단지 멸해가기만 하는 것이 아니라 여자로서의 떨림이 있을 수 있다는 느낌도' 역시 마흔 즈음에서야 가능한 일이 아닐까 그런 생각이 드는 것입니다. 아니, 그래야 한다고 다들 말하고 있다는 것입니다.

저도 이럴진대 저보다 더 나이가 많으면서 한층 더 결 곱고 섬세한 이들은 어떨까에도 생각이 미칩니다. 그분들의 마음은 제가 그 나이가 되어봐야만 알 수가 있겠지요.

제가 마흔일 때 오십이 넘은 여인의 마음을 몰라주었던 것처럼 육십이나, 칠십이 가까운 여인의 마음을 감히 어찌 안다고 할 수 있겠습니까. 솔직히 말해서 저는 저보다 나이 든 여자가 거리낌 없이 자신의 여성성을 내보일 때 얼굴이 화끈하고 좀 어색하고 불편한 마음이 들었던 게 사실입니다. 또한 내가 나이 든 여자임을 십분 인정하면서도 상대방이 말하는 나이 든 여자가 사십 대임을 알았을 때 가슴이 쿵 하고 내려앉기도 하고 팔에 오소소 소름이 돋기도 했습니다. 이런 것을 무어라고 설명해야 할까요? 이야기를 하다 보니 언젠가 박완서님의 소설을 읽다가 찬탄했던 부분이 떠오릅니다. "그래, 젊음을 실컷 낭비하려무나. 넘칠 때 낭비하는 건 죄가 아니라 미덕이다. 낭비하지 못하고 아껴둔다고 그게 영원히 네 소유가 되는 건 아니란다" 오, 이 글을 읽을 때 저는 얼마나 감탄했던지요.

저는 낭비하지 못한 제 젊음이 처음으로 안타깝다는 생각을 했습니다. 흘러가 버린 젊음을 아쉬워할 날이 오리라곤 정녕 생각지 못했거든요. 당신은 어떻게 생각합니까?

육십이 넘은 여자의 떨림은 누추하기만 합니까? 그러한 몸짓이나 표정은 가리면 가릴수록 아름답게 승화되는 것인가요? 저는 폐경이 지난 지도 한참 되었습니다. 저의 욕망은 이제 제가 꿈꾸던 욕망과는 판이하게 다를 것이라는 것을 이미 알고 있습니다. 저는 어떤 위로도 바라는 것이 아닙니다. 다만 나이 든 여자의 떨림에 대한 이해의 폭을 넓혀가고 싶을 뿐입니다. 누구든 나이를 먹지 않겠습니까. 당신도 마찬가지로요.

산책(서간)

오랫동안 적조했습니다

문득 그런 생각이 듭니다

오늘은 당신과 산책을 하고 싶다고

당신 괜찮겠어요?

나는 매일 밤 아홉 시에 산책을 나갑니다

그때는 해가 진 다음이므로 모자를 쓰지 않아도 되고

선크림을 바를 필요도 없으며

옷이나 머리 모양에 별로 신경을 쓰지 않아도 됩니다

당신과 함께라도 나는 오늘처럼 그대로 출발할 것입니다

바람이 살랑살랑 불고 골목 뒤쪽에서 전해져 오는 라일락 향기가 짙습니다

우선 그쪽으로 가볼까요?

그 집은 이 일대에서 라일락이 가장 많이 핀 집입니다

가까이 십 분 이상 서있으면 짙은 꽃향기에 아마 질식할지도 몰라요

그냥 스쳐 지나가기만 해도 온몸에 라일락 향기가 스미는 것 같습니다

당신, 코를 킁킁거리지 말아요

그 버릇, 아직 못 고친 걸 보니 웃음이 납니다

이 골목 끝에서는 좌측으로 가야 합니다

우측으로 가면 얼마 안 가 동네가 끝나거든요

골목을 돌자마자 물이 나오는 작은 수도가 있지요

저런, 물을 그냥 지나치지 못하는군요

물 가까이 입을 대고 공연히 물을 마시는 당신을 보니

나도 시원한 물줄기가 되어 당신의 목젖을 타고 흐르고
싶어집니다

그 울퉁불퉁한 길, 길고 좁은 길을 빠르게 내달려

당신의 온몸 구석구석을 탐색하며 돌고 싶다는 생각을
잠깐 합니다

다 부질없는 생각이지요?

당신 걸음이 빠르니 내가 먼저 갈게요

이렇게 좌측으로만 동네를 한 바퀴 빙 돈다는 느낌으로

앞으로 계속 가기만 하면 됩니다

가다가 보면 얼기설기한 나무 담장에

들장미가 흐드러진 집이 보일 거예요

지금은 지친 기색이 역력한 들장미, 그 집을 조심해야 됩
니다

매우 사나운 개를 기르는 집이거든요

물론 담장 때문에 밖으로 나오진 못하지만

무심코 지나가다가 사납게 뛰며 날카롭게 짖는 소리에

매번 깜짝 놀라게 됩니다

조금 더 가다 보면 아주 착한 개가 사는 집이 있습니다

눈처럼 하얀 개, 네베가 사는 집인데요

덩치는 산만 한 개가 내가 지나갈 때마다 애처로운 소리
를 내며

울타리에 바짝 기대어 있습니다

지나갈 때마다 네베, 네베, 그렇게 불러줍니다

자기 이름을 불러주는 것에 그렇게 감동적인 반응을 보
이는 개도 드물 거예요

당신도 가끔 내 이름을 부르나요?

아주 가끔이라도 불러주었으면 좋겠다고 생각을 합니다

그러면 내 속에 얼음처럼 뭉쳐있던 기억들이

스르륵스르륵 풀려나갈 것만 같습니다

자, 여기부터는 쭉 곧은 길입니다

이 길 끝에서 유턴해서 돌아올 거예요

곧은 길이긴 하지만 제법 굴곡이 심하지요

계속 올라갔다 내려갔다 하니까 지루하진 않습니다

양옆에 집들은 대문에서 멀어서 나무들밖에 안 보일 거
예요

대문 옆으로 너무 바짝 가면 자동으로 불이 켜지니까

그냥 가운데로 걷기로 해요

지금 이 시간엔 차들도 거의 안 다니니까요

이제 캄캄해져서 나무들이 잘 안 보인다고요?

왼쪽으로 보이는 나무들은 거의 올리브나무고

오른쪽 나무들은 손질을 잘해 놓은 정원수들입니다

잘 안 보이는 나무들보다는 하늘을 보는 게 어때요?

하늘은 캄캄해진 뒤에도 유일하게 잘 보이는 곳입니다

드문드문하지만 벌써 별들이 보이기 시작하는군요

당신과의 산책 시간도 얼마 남지 않았습니다

당신의 발자국 소리가

내 심장소리에 겹쳐서 쿵쿵하고 울립니다

갑자기 눈앞의 길들이 내 곁에서 멀어지고 아득해집니다

눈앞에 늙은 나무가 있다면 잠시 어깨를 기대고 쉬고 싶
어집니다

집으로 가는 길인데도 훌쩍 아주 먼 곳에 당도한 느낌을
받습니다

삶이 내게 허용한 절대량이 이만큼뿐이라면

나는 순응해야겠지요

나는 집으로 들어가지만

당신은 계속 걸어가겠어요?

오늘 산책에 동행해 주어서 감사합니다
부디 나를 스쳐서 계속 걸어가 주길 바라요
내 마음을 울리는 그 발자국으로
계속해서 가세요

바다가 부르는 소리(서간)

오늘은 당신에게 편지를 쓰겠어요. 다리 부러지고 나선 처음이지요? 사실은 한 시간 전, 아니 두 시간 전이었나요. 자려고 누웠습니다. 잠이 안 오는 거예요. 다리 때문에요. 깁스한 다리가 오늘따라 영 성가셨습니다. 처음엔 오른쪽으로 누웠지요. 곧바로 똑바로 누웠어요. 그러다 다시 왼쪽으로요. 어느 쪽으로 누워도 불편했어요. 인내심이 바닥이 나는 것을 느꼈어요. 어쩌다 용케 잠이 들기도 하는데 아침에 눈을 뜨면 이 다리를 하고 내가 잠을 잤구나 하고 생각하곤 했어요. 아아, 다리. 깁스 안에서 다리가 비명을 질러요. 무릎을 펴고 싶다고, 아니 구부리고 싶다고. 그러다가 체념합니다. 세월은 갈 텐데 분명히 깁스를 풀 날이 올 텐데 하루가 지나면 또 하루가 쌓이고 쌓여서 풀려날 날이 있을 거라고 말입니다. 그렇다고 매일 집에만 있는 것은 아니에요. 집에서 가까운 곳에 커피집이 있어요. 한 이백 미터쯤 되려나요. 그곳으로 목발을 짚고 커피를 마시러 갑니다. 가서 잡지를 넘기면서 사람 구경을 합니다. 물론 눈치채지 못하게요. 하루는 근처 대학교수님들이 커피를 마시러 왔어요. 참 점잖게 말씀들을 하시더군요. 또 젊은 커플도 들어옵니다. 여자가 남자에게 사진을 찍어달라고 해요. 여러 가지 표정과 포즈를 지으면서 말이죠. 친구인 듯한 나이 든

부인들이 들어와서 환담을 합니다. 저는 계속 잡지를 넘기고 있었지만 문득 그들도 저를 관찰하고 있을지도 모른다는 생각이 들더군요. 자리를 창밖이 보이는 곳으로 옮겨 그때부터는 밖만 쳐다보고 있었지요. 커피숍에서 큰길 건너는 정도를 가면 미용실이 있습니다. 거기까지가 제가 목발을 짚고 갈 수 있는 한계 거리입니다. 어느 날은 미용실에 가서 머리를 정리했어요. 사실은 머리를 정리하고 커피숍에 가려고 했는데 얼마나 기운이 쭉 빠지던지 그 자리에 족히 한 시간은 앉아있었을 거예요. 아마 그날부터일 거예요. 편도가 붓기 시작한 게. 이 편도가 저를 무척 괴롭혔습니다. 괴로운 것으로 치면 다리보다 훨씬 더요. 하루도 진통제 없이는 지내지 못했어요. 견디다 못해 동네 병원엘 갔습니다. 얼굴이 동글동글한 젊은 의사에게 한 방에 나를 좀 구원해 달라고 말했습니다. 의사가 그럴 수 있다면 자기는 노벨상을 받았을 거라고 말하더군요. 싱글싱글 웃으면서요. 저는 최소한 안타까운 표정이라도 지어달라고 그랬어요. 하루에 주사를 두 번 맞고 약을 처방해 주겠다고 했어요. 이왕 나온 길이라 선배 언니가 하는 치과에도 가고 저녁도 먹고 꼭 가고 싶었던 동네 L 브라더스 커피숍에 갔습니다. 저녁을 먹은 뒤라 에스프레소 한 잔을 마시고 음악에 귀를 기울이다 집에 왔어요. 낮에 병원에서 맞은 진통제 덕분에 좀 나았다는 생각은 오산이었음이 금방 드러났어요. 다 낫기 전에는 다시는 나가지 말자고 제게 약속합니다. 그런 생각을 하는데 눈이 펑펑 옵니다. 아 잘됐구나 박수라도 치고 싶지요. 그런 날 무시무시한 유혹을 받았습니다. 촛불을 켠 맛있는 식사와 와인과 즐거운 대화를 보장하며 아픈 것쯤 다 날아갈 거라고 말합니다. 저는 용케도 유혹을 견뎌 냈어요. 네, 편도가 이긴 것입니다. 정말 무서운 놈이에요.

그러다 보니 구정이 다가오데요. 금요일에는 저도 앉아서 전을 좀 부쳤습니다. 앉아서 하는 일이라고 만두도 빚었고요, 깁스한 다리에 물이 들어가지 않게 애쓰면서 구차하게 목욕도 했고 머리도 감고 얌전히 앉아서 뭔가를 기다리고 있었습니다. 올 구정엔 다른 때보다 손님들이 좀 더 다녀갔어요. 친구가 와서 소곤소곤 얘기하고 한 밤을 같이 자기도 했습니다. 아직도 친구가 예쁘고 매력이 있어서 약간 도도한 기분이 들기도 했습니다. 날이 이렇게 흘러갑니다. 하루가 이틀이 되고 이틀이 사흘이 되겠지요. 열흘이 되면 또 병원에 갈 거고 엑스레이를 찍고 또 열흘쯤 쌓이면 아마도 모르긴 몰라도 캐스트를 풀고 해방이 되겠지요. 좋은 소식도 있습니다. 바다에 데려가겠다는 친구가 있답니다. 힘

들겠지만 따라가려고 합니다. 바다가 나를 부르는 소리가
들리는군요. 당신도 들어보세요. 쏴아 하는 소리, 바로 턱
밑에 와있는 것 같습니다.

가을에 쓴 편지(서간)

식당에서 돌아오면 대부분 오후 세 시쯤 됩니다. 아이는 이미 집에 돌아와 있는 시간입니다.

이제 아이는 중학생이 되어 학교에 데리러 가지 않아도 됩니다. 저는 아이와 간단한 문답을 나누고 간식을 챙겨주고 삼십 분 정도 인터넷을 합니다. 그러면 네 시쯤 되거든요. 그때부터 티브이를 보며 좀 쉽니다. 보통은 십오 분을 넘기지 못하고 까무룩 잠이 듭니다. 그렇게 잠드는 시간이 저는 참 좋아요. 한쪽 귀로 윙윙거리는 티브이 소리를 들으며 삼십 분 정도 선잠이 들었다 깨면 피곤도 풀리고 몸이 좀 개운합니다. 간혹가다 어느 때는 깊은 잠이 들기도 해요. 그럴 때는 내가 죽은 듯이 잤구나 하면서 화들짝 깨어나기도 합니다. 그렇게 내가 자는 동안 아이는 자전거를 타러 나가기도 하고 피아노를 뚱땅거리기도 하면서 아무튼 나를 내버려둡니다. 다섯 시가 지나면 저녁 걱정을 하고 청소라든가 빨래라든가 어느 집이나 주부가 해야 하는 소소한 일들로 분주합니다. 밤 열 시가 되기까지 진정한 내 시간이란 거의 없습니다. 열 시부터 열두 시까지 다시 내 시간이긴 하지만 남편의 이런저런 요구에 부응하기도 하고 혼자 논다거나 혼자 놀라고 내버려두기에는 좀 눈치가 보이는 시간입니다. 다시 아침, 일곱 시부터 아홉 시까지가 내 시간입니다. 이때는 마음 놓고 음악을 크게 틀거나 블로그를 합니다. 블로그는 내게 중요한 의사소통의 창구입니다. 일상의 소소한 일들까지 모두 마음에 쌓아놓기에 내 마음의 창고는 너무 비좁습니다. 쓸데없이 감정은 넘치고 이야기할 상대는 별로 없습니다. 시곗바늘이 오전 아홉 시를 넘기면 그때부터 나갈 준비를 합니다.

이르면 아홉 시 삼십 분쯤에, 늦어도 열 시를 넘기지 않고 집에서 나갑니다. 그리고 다시 오후 세 시쯤 집에 돌아오는 생활이 반복되는 것이지요. 참, 세 번째 좋아하는 시간은 운전하면서 혼자 음악을 들을 때입니다. 요즘은 퀸의 옛날 노래와 오페라 아리아를 듣습니다. 새로 산 시디에서 서덜랜드의 목소리가 무척 아름답거든요. 이렇게 가만히 제 생활을 들여다보면 저는 혼자 있는 시간을 좋아하는 것 같습니다. 설령 잠을 자더라도 말이지요. 일터와 남편, 아이가 없다면 너무나 외로울 게 뻔한데도 저는 자주 혼자 있고 싶어 합니다. 언젠가 한번은 남편이 당신 눈을 보고 있으면 무슨 생각을 하는지 도통 알 수가 없어, 하고 말한 적이 있습니다. 맞아요. 그는 제가 무슨 생각을 하는지 절대로 알 수가 없을 것입니다.

당신이라면 알 수 있을까요? 아니요, 당신도 모르리라고 단언할 수 있습니다. 그래서 저는 오늘도 외롭고 자꾸만 혼자 있고 싶어지는 모양입니다. 누군가의 위로를 간절히 바란 적도 있지만 그런 것이 존재하지 않는다는 것을 이제는 압니다. 인간 근원의 외로움은 오로지 혼자 짊어져야 할 짐이라는 것을요. 그러나 말입니다. 내가 진정으로 삶의 피곤을 느낄 때,

　그때 내가 잠시 기댈 수 있게 어깨를 빌려주시겠어요? 한 지붕 밑에 사는 사람조차 가끔은 내 어깨가 되어주길 거부할 때 그럴 때 당신을 부르면 기꺼이 뛰어오시겠어요?

오래된 편지(서간)

당신, 오래간만이지요? 내 기억엔 언젠가 오래전에 가을 편지 쓰고 처음이니 대체 얼마나 지난 걸까요? 당신은 이제 겨우 몇 계절이 지났을 뿐인데 하실지 모르지만 나는 몇만 년이나 지난 것 같군요. 무슨 바람이 불었냐고요? 그렇잖아도 그걸 이제부터 말씀드리려고요.

오늘은 아주 늦잠을 잤습니다. 느릿느릿 일어나 점심을 먹고 잠을 좀 더 잘까, 외출을 할까, 책을 읽을까 망설였어요. 이것도 저것도 맘에 드는 일이 없어서 일단 세수를 하고 화장대 앞에 앉았습니다. 평소의 순서대로 화장수를 바르고 크림을 바르고 파운데이션까지 다 바른 다음 가만히 거울을 들여다보다가 내가 내게 말해줬어요. 많이 늙었네. 거울 속의 그녀가 웃습니다. 그러다 생각이 난 거예요. 내가 오랫동안 향수를 사용하지 않았다는 것을요.

당신은 무슨 향수를 좋아하나요? 혹시 샤넬 넘버 5? 왜 그렇게 물어보느냐면요 당신이 아는 배우는 매릴린 먼로밖에 없다고 한 생각이 나서지요. 하지만 나는 매릴린이 아니라서 망설이다가 플레저를 조금 뿌렸어요. 그랬더니 거짓말같게도 옛날 생각이 나더군요. 그래요, 냄새는 추억을 환기시키는 힘이 있나 봅니다. 당신은 나를 무슨 냄새로 기억할까요? 아쉽게도 풋풋한 비누냄새는 아닐 거예요. 강신재가 말한 그 비누냄새요. 나는 비누냄새보다 향수를 좋아하니까요. 게다가 한 가지 향수를 고집하는 타입도 아니니까요. 그날그날 기분에 따라 사용하는 향수가 달라요. 이제부터 당신을 만날 때는 한 가지만 사용할까 봐요. 당신 골라주세요. 취향을 몰라서, 그런 말은 하지 말아요. 당신은 고급스러운 사람이니까. 나는 또 당신 취향의, 아니 당신 취향이라고 생각되는 빨간 체크무늬 셔츠를 골라 입었습니다.

내가 제대로 맞췄나요? 당신 너무 멀리 있나 봐요. 하지만 기쁜 소식이지요? 내가 다시 향수를 사용하려고 하니까요. 다시 여자가 되고 싶어 하니까요.

묵은 일기장 1

* 이유 없이 마음이 쓸쓸하고 서글펐다. 하루 종일 쇼팽을 들었다. 운전을 아슬아슬하게 했다. 마음 붙일 곳 없는 친구가 왔는데 퉁명스럽게 대했다. 내 안에 갇혀서 아무것도 보이지 않았다. 이런 날도 있는 것이다. 이유 없이 뜨거운 눈물이 흐르는 날이.

* 영화 '봄날은 간다'를 봤다. 남자가 라면 끓여놓고 여자를 깨우는 장면이 나온다. 여자가 귀찮게 한다고 신경질을 낸다. 누군가 나를 위해 사소한 일로 마음을 썼는데 나도 돌아보지 않았을 때가 있었을 것이다. 마음이 아프다.

* 만사를 잊고 긴 의자에 하루 종일 누워있었다. 아직은 인생이 살만하다는 자기 위안이나 암시가 필요했던 것 같다.

* 낮게 나는 비행기를 보면 가끔 울적해진다. 오늘도 그런 비행기를 몇 대나 보았다. 저기 엄마 마음이 간다고 촌이에게 말했다. 울 거 없어, 촌이가 단호히 말했다. 울지도 않았는데…

* 오래간만에 동물원에 갔다. 잔디에 자리를 펴고 앉아

아이들 노는 것을 가만히 바라보았다. 바쁘게 뛰어다니며 부러진 나뭇가지를 주워 모은다. 쭈그리고 앉아 나뭇가지로 땅을 판다. 구멍 뚫린 나무 속을 들여다본다. 산책하는 강아지 뒤를 쫄랑쫄랑 따라가기도 한다. 유일한 소품인 공을 차고 잡으러 뛰어다닌다. 그렇게 서너 시간을 심심한 줄 모르고 논다. 아이들은 행여 집으로 가자고 할까 봐 멀찍이서 빙빙 돈다. 나는 누워서 흘러가는 구름을 본다. 드문드문 앉아있는 연인들이 아름다운 배경이 되어준다. 자연 속에서 심심함을 모르고 노는 아이들이 고마워서 찔끔 눈물을 훔치기도 한다.

* 촌이가 처음 한국 갔을 때의 반응이 생각난다. 엄마, 여기가 한국이야? 이태리랑 똑같잖아! 촌의 머릿속에 한국은 어떤 이미지였을까 궁금하다.

* 며칠 전 밤에 오랜만에 시상이 떠올랐다. 이렇게 쓰다가 이렇게 마무리를 해야 되겠다, 그런데 여긴 다른 표현이 없을까 이렇게 오래오래 생각했다. 귀찮지만 침대에서 일어나 기록해 둬야 하지 않을까 아니, 괜찮을 거야 이렇게 오래 생각했는데 아침이 된다고 잊어버릴 리가 없어 그

래도 이런 식으로 생각했다가 후회한 적이 얼마나 많아. 한 줄이라도 적어놔야 내일 이어갈 수 있을 텐데 그러면서 시나브로 잠이 들었다. 결과는 도대체 내가 무슨 생각을 하다 잠이 들었는지 기억을 못 해내고 있다. 단 한 글자도.

* 무릇 남자들이란 말이야 다른 여성의 유혹을 받고 있을 때 외에는 자기 부인을 사랑한다고 떠벌리지 않는 법이거든. 실제로 그랬던 것 같다.

* S가 요즘 구설수에 휘말리고 이런저런 속상한 일이 있어 하소연을 하는데 괜찮아 난 괜찮다고 이 말을 여러 번 했다. 집에 와서 생각해 보니 이 괜찮다는 말, 참으로 슬픈 말이다. 전혀 괜찮지 않을 때 이 괜찮다는 말을 쓰는 것 같다.

* 미국에서 온 친척 오빠를 만났다. 오빤 시시하게 사는 삶은 싫다, 무미건조하게 사는 사람을 경멸한다, 주관을 가지고 확실하게 살아야 한다 그런 말씀을 하셨다. 나이가 드셨지만 자유주의자의 면모를 풍겼다. 한국에서 사실 때보다 훨씬 더 리버럴하고 개성이 강해지신 것 같다.

나쁜 사랑

* 돈이 모자라 신발을 사지 못한 꿈은 매우 외롭고 고독한 사람이 꾸는 글이라는 기사를 봤다. 꿈 얘기, 이젠 고만해야겠다.

* 아침부터 빵 냄새가 그리웠다. 따근따근한 크루아상을 머릿속으로 수도 없이 생각했다. 그러나 가는 비 맞으며 밖으로 나갈 생각이 들지 않았다. 한참 동안 생각한 후에 라면을 하나 끓였다. 끓이면서 라면 하나로는 부족하다는 생각이 들어 계란 두 개를 따로 삶았다. 라면을 먹고 커피 물을 얹고 계란이 다 삶아지기를 기다렸다. 반숙에서 완숙으로 넘어가는 그런 시간쯤에 불을 끄고 커피와 계란을 먹었다. 참, 얼마 만에 계란을 간식으로 먹어보는 것인지…

* "아직은 찬기가 남아있어서 돌리는 난로의 윙윙거리는 소리가 다소 방해를 놓기도 합니다만, 혼자 있는 사무실은 조용한 편입니다. 책상 앞과 뒤에 난이 놓여있고 창 쪽에는 나도 제비난이 호접스럽게 하늘거립니다. 안개꽃 틈에 끼어있는 프리지어도 있군요. 모든 향기를 인터넷에 실어서 보내드립니다. 삶의 저편에 계신 분의 향기를 흡향하고 있습니다. 프리지어 향보다 더 농염하여 금방이라도 흡입될

것 같습니다. 좋은 메시지를 머금고 오늘 하루도 즐겁게 살아낼 것입니다. 사람의 향기가 좋습니다. 로마의 향기는 더욱 좋습니다”

시인인 순천의 김영현 선생이 생전에 내게 보낸 메일이다. 나는 그에게 딱 두 통의 메일을 받았다. 그런데도 그를 잘 안다고 생각하게 되었다. 매년 4월이면 그를 생각하게 된다. 젊은 나이에 돌아올 수 없는 곳으로 떠났기 때문이다.

* 저녁밥 하는데 가스레인지 위에 프라이팬, 냄비 두 개 올려놓고 프라이팬에 불을 켠다는 것이 냄비에 켜놓고 한참 있었다. 딸내미가 들어와서 알려준다. 엄마가 왜 그러냐, 나중에 혹시라도 엄마가 치매 걸리면 망설이지 말고 요양소에 보내거라. 진심이었다.

* 큰딸이 이탈리아 남자들은 바람둥이긴 하지만 아주 소프트하고 로맨티시스트들이고 스페인 남자들은 정열적이고 영국 남자들은 신사적이라고 하는데 한국 남자들은 뭐라고 하느냐고 물어왔다. 대답이 궁해서 한나절이나 지나서야 간신히 말해주었다. 한국 남자들은, 양반이라고들 하지.

나쁜 사랑

묵은 일기장 2

* 정확히 다섯 시 오십오 분에 새들이 울기 시작했다. 서머타임이 아니라면 네 시 오십오 분. 참 부지런도 하다. 나말고 새. 새들의 울음소리에, 그 짧은 시간에 밀물과 썰물처럼 온갖 감정들이—용서와 화해와 미움과 사랑이, 나태와 욕망과 다정과 냉정함이 내 속에 들어왔다 나갔다. 파도처럼 솟구쳤다가 이내 바닥을 치고 마는 여자의 마음이려니.

* 일요일 아침, 참기름에 감자를 달달 볶다가 물을 부어 뽀얀 국물이 우러나기 시작하면 달걀을 풀어 넣고 어슷 썬 파를 듬뿍 넣은 감잣국에 알맞게 익은 김치, 참기름 냄새가 고소한 김을 놓고 아침을 먹었다. 단출한 아침상이었지만 갓 지은 뜨거운 밥을 뜨거운 국물에 말아 먹는 맛이 각별했다. 평화로운 아침을 맞는 것도 사실은 어려운 일이 아니다.

* 계획했던 일이 틀어져서 다들 불평이 많았다. 각자 자신의 십자가는 자신이 지면 될 거라고 말해서 입들을 틀어막았다. 밤늦게는 미국에서 오래된 친구가 찾아왔다. 친구는 파티에나 어울릴 만한 까만 모자를 남기고 떠나버리고 나는 이제 그 모자를 붙들고 살아갈 일만 남았다. 나만의

모자를 마음의 벽장 속에 걸어두고 파티에 갈 날만 손꼽아 기다릴지도 모르겠다.

 * 내 생전 바람을 그렇게 많이 맞아본 건 어제가 처음이었다. 호숫가에 갔는데 쉬지 않고 바람이 불어댔다. 미친 바람 때문에 머리가 멍해서 아무 생각도 할 수 없었다. 4월 말인데도 새파랗게 질려서 마치 바다처럼 출렁거리던 호수와 호수를 감싸듯이 둘려있는 야트막한 산들을 하나도 보지 못했다. 샤워를 하고 머리를 말리고 나니 정신이 좀 들었다. 모진 광풍에 휘둘려 살면서도 아름다운 이 세상 소풍 끝내는 날 가서, 아름다웠다고 말하리라던 천상병 시인을 생각하니 좀 부끄러웠다. 분명 호수와 나무와 산이 거기 있었는데 아무것도 마음에 담아 오지 못한 나 자신이…

 * 하루 종일 집에 있었다, 다 쓰자니 난감하다. 하루 종일 아무 일도 하지 않았다, 다 쓰자니 그건 더 난감하다. 사실 아무 일도 하지 않은 건 아니었다. 아이들 밥도 줬고 설거지도 했고 서랍 정리도 했다. 그런데 아무 일도 하지 않은 것 같으니 이상한 일이다.

* 나는 채식주의자를 선망한다. 나를 아는 사람들은 나를 비웃을지도 모르겠다. 하지만 정말이다. 곡식과 채소와 과일만 먹는 사람들을 어찌 좋아하지 않을 수 있으리오. 그러나 식습관의 무서움이여! 좋은 고기를 보면 손을 내밀어 사게 되고 싱싱한 해물을 보면 절로 군침이 돈다. 내 언젠가는 채식주의자가 되고 싶다고 생각하지만 그 모든 욕망의 고리를 끊을 수 있을지 아직은 자신이 없다.

* 평소 영국에 간다면 해보고 싶은 일 몇 가지를 해봤다. 하이드파크 공원을 걸어본 것, 영국에서 뮤지컬을 본 것, 다즐링 차에 버터 향이 짙은 과자를 곁들여 먹은 것, 소호와 피카디리에서 놀아본 것, 스타벅스에서 커피를 마신 것, 정말 정다운 성을 본 것(원저). 못 해본 것도 있다. Pub에서 맥주 마시기, 해러즈 백화점에서 쇼핑하기, 빨간 이층버스 타기.

* 드디어 내 안에서 곰팡내가 나기 시작한다. 왠지 습기 차고 환기가 잘 안되는 까닭이리라. 정체를 모를 불안한 냄새는 계속 나를 따라다닌다. 청소를 다 끝내고 망연자실 소파에 앉아서야 이것이 내게서 나는 냄새임을 눈치챈다. 고인 물에서 나는 냄새. 어둡고 습기 찬 방에 소리 없이 피어

나는 곰팡이. 이제 기댈 곳은 이번 주말로 계획한 짧은 여행밖에는 없다. 낯선 기류를 타고 한 두어 시간 날아보면 새로워질 수 있을까.

* 내 처녀 적 꿈은 문학소녀와는 거리가 멀고 하늘을 난다든가 말을 타고 숲속을 달린다든가 하는 좋은 말로 모험심 넘치는 것이었다. 삶의 뚜렷한 목표도 없었고 현실적인 어떤 야심도 없었기에 오늘날 그저 그렇게 사는지도 모르겠다. 그냥 살아도 인생을 향유할 줄로 막연히 그렇게 생각했으니 참 철이 없어도 너무도 없었다. 사람은 나이가 먹고 부단히 노력하면 변하긴 변하는 걸까. 제발 그랬으면 좋으련만.

* 가만히 생각해 보니 작년 각오는 돈을 아끼자였고 재작년은 신경질 내지 말자였고 그전에는 지겨워하지 말자였고 또 그전에는 일상에 충실하자였다.
　　내 각오는 이렇듯 간단하고 명료하기만 한데 지키지는 못한다.

* 사람들을 만나고 웃고 떠들고 먹고 즐겁지만 사람들 사이에 있는 섬에 닿을 수 없어 가끔 절망도 한다. 그러니 누

군가는 내게 닿을 수 없어 당황하고 실망하고 화가 나기도 할 것이다. 그 어느 때보다 사람들 사이에 있고 싶고 꼭 껴안을 사람이 필요하다. 지금 이 시간.

  * 행복한 일을 생각하면 행복해진다. 비참한 일을 생각하면 비참해진다. 무서운 일을 생각하면 무서워진다. 병을 생각하면 병들고 만다. 실패에 대해 생각하면 반드시 실패한다. 자신을 불쌍히 여기고 헤매게 되면 남에게 배척당하고 만다. 정신과 의사 양창순의 글이다. 생각을 이기고 만사에 감사하자.

  * "다른 사람의 가슴에 귀를 대고 들어보시오. 그러면 심장 뛰는 소리가 얼마나 큰지 알 수 있습니다. 이 지구에 살고 있는 모두의 심장 뛰는 소리를 합하면 정말 엄청난 소리가 될 겁니다. 누군가의 가슴에서 심장이 뛰고 있는 한 우리에게 희망은 있습니다" 내 가슴에서 심장 뛰는 소리가 오늘 유난히 크게 들린다. 내 심장이 뛰고 있는 한 희망은 있다. 우울한 날들 속에서 한 가닥 위안이 된다.

  * 오늘도 바람이 분다. 남들은 어떻게 사나, 그냥 그렇게

가끔 웃으며 가끔 슬퍼하며 가끔 후회하며 가끔 욕망에 뒤틀리며 가끔 포기하며 가끔 가슴 아파하며 아주 가끔 행복해하며 다들 그렇게 사는지. 바람 때문에 속상해하는 건 싫다고 바람 때문에 쓸쓸해지는 건 견딜 수 없다고 바람 때문에 흔들리는 건 더더욱 참을 수 없다고 바람 속에서 바람 속에서 보이지 않는 존재의 밑바닥으로 내려가 본다.

* 어느 유명 시인은 바람으로 자라셨다고 하고 내가 아는 어떤 분은 바람 때문에 시를 쓰게 됐다고 한다. 모자란 나는 바람이 부니 기우뚱한다. 저 바람에 온몸을 부딪치고 싶은 생각은 이제 일지 않는다. 바람에 마음이 흔들리는 것도 원치 않는다. 오로지 바람이 어서 지나가기만 닫힌 문안에서 빠꼼이 내다본다.

* 며칠 전 점심 모임에 가서 들은 얘긴데 그녀는 남편이 국제 식량기구 연구원으로 발령을 받아 로마에 와서 살게 되어 그렇게 기쁠 수가 없었다고 한다. 자기는 직장이나 사회생활을 하면 꼭 성공할 것 같고 공부도 계속하고 싶고 아무튼 바깥에 나가서 하는 일을 해보고 싶었는데 맏며느리로 시어머니 모시고 큰살림하느라 아무것도 할 수 없었

던 참에 나와 살게 된 것이라 꿈이 컸단다. 남편도 그런 자기 마음을 잘 알아서 이제는 밀어줄 테니 해보고 싶은 것 다 하라면서 먼저 이태리어를 잘해야 할 테니 어서 배우라고 야단이라는 것이다. 그런데 막상 시작하려니 자신도 없고 자기한테는 역시 집안일이 가장 적성에 맞는 것 같다고 하면서 웃었다. 이젠 집에만 있으라고 해도 큰 불만이 없을 것 같고 자기 그릇을 알았다나.

　* 만고불변의 법칙 두 가지가 있다. 일찍 자면 일찍 일어나게 돼있고 적게 먹으면 살이 빠진다는 것이다.

　* 사람들이 나에게 갖고 있는 이미지란 무엇일까를 생각해 본다. 결코 스스로 생각하는 나와 똑같은 이미지를 갖고 있진 않으리라. 나의 어떤 점이 타인의 맘에 드는지 어떤 점이 그들을 불편하게 하는지 어떤 점이 타인의 신경에 거슬리는지 나는 결코 모를 수도 있으리라. 내가 나를 믿는 만큼 타인도 나를 믿는지, 아니 어쩌면 내가 믿지 못하는 부분까지도 타인은 나를 믿는지 사람들이 믿고 있는 내 이미지 뒤에 숨은 나의 자아란 이토록 불안하고 결점투성이인 것을 남들은 아는지 아니, 이미 형편없는 인간이란 것을

간파당하고도 나만 모르고 있는 것은 아닌지…

 * 가끔 누군가의 연상의 여인이 되고 싶을 때가 있다. 연상의 여인은 연하의 남자를 자수정처럼 빛나게 해준다는 쿤데라의 말 때문이다.

나
쁜
사
랑

묵은 일기장 3

* 80프로의 사실과 20프로의 성찰로 쓰인 일기가 가장 이상적인 일기 기술의 요건이라면 나의 일기는 그 중요한 성찰이 종종 빠져있다. 너무 속상하거나 너무 화가 나거나 하는 일은 쓰기가 싫다. 사실은 그 일에 따라야 하는 성찰이 성가신 것이리라.

* 단지 프로그램이 좋아 음악회에 갔으나 실망스러울 뿐이었다. 예술은 뛰어나지 않으면 안 된다. 나머지는 자칫 쓰레기가 되기 쉽다.

* 산다는 것은 외로움이다.
  싫증 나도록 들어온 말이지만 산다는 것은 아무래도 외로움이다. 큰애에게 화를 냈다. 외로워서였는지도 모른다는 생각이 든다.

* 시란 끝까지 사투해야 할 불가능한 내면, 살아야 할 내면, 살아볼 만한 내면이라고 말할 뻔뻔스러움이 내겐 없다. 내가 찾아낸 살아야 할 뚜렷한 목적이란 아직까지는 아이들뿐이다.

* 86세의 서정주 시인이 심장에 물기가 마르는 병을 앓고 있을 때 찾아간 제자에게 이렇게 말했다고 한다. 내가 한 60년이 넘도록 시를 쓰느라고 심장을 썼으니 그럴 만도 하지. 내 심장이 그동안 얼마나 흥분과 격정 속에서 움직였겠어. 그러니 나는 아주 시인다운 병을 앓고 있는 거지.

생이 더 아파야 시가 된다면 나는 더 아파야 하는 것이겠지. 지금보다 더더.

* 솔직히 남자가 가끔 집을 비우면 무지하게 편하다. 우선은 집이 깨끗하고 시간이 많아지고 친구와 부담 없이 놀 수 있다. 하지만 남자가 집 비우는 시간이 너무 길어지면 대개 여자가 심리적으로나 남 보기에 초라해진다. 내게 그 기간은 딱 한 달이다.

* 그녀 집에 초대를 받았다. 그녀는 외국 사람이나 마찬가지인데 이런 분위기에 익숙지 못한 한 엄마가 편하게 앉아서 서빙을 받지 못하고 돕는답시고 자꾸 일어나서 난처했다. 그녀가 아주 불편해했기 때문이다. 그녀가 머릿속에 생각한 동선이 자꾸 헝클어지고 방해를 받아서 그런 것임이 눈에 보였다.

* 나이를 먹으면서 편식이 줄어들었다. 못 먹는 것에 대해 늘어놓는 사람은 아직 어린 사람이 틀림없다.

* 내가 절대로 포기하고 싶지 않은 것 중에 하나가 따뜻한 잠자리이다. 아직도 아침에 따뜻한 잠자리에서 나와야 할 때 종종 괴로움을 느낀다.

* 필수적이고 유익한 일에 힘이 미치지 못하는 사람은 쓸데없고 무익한 일에 몰두하기를 좋아한다.
나 들으라고 한 소리 같다.

* 교회를 가지 않았고 영화를 보았고 재난 영화가 흔히 그렇듯이 더도 덜도 아니게 꼭 그만큼 재미있었고 이가 아팠고 그래서 밥이 먹기 싫었고 엄마에게 전화를 했는데 돈이 없다고 했고 하지만 괜찮다고 너만 잘 살면 된다고 했고 친구에게 전화가 왔는데 나에게 섭섭하다고 했고 나는 기분이 개떡 같았지만 오해를 풀어보자고 했고 저녁 초대를 했는데 오지 않았고 쓸쓸했고 스타일이 구겨져서 속이 상했고 마음만 상하고 되는 일이 없다 무던한 일로 구설수에 오른다는 올해의 토정비결을 두 번 읽었고 서울에 여기저

기 전화를 했고 한 사람은 번호가 틀렸고 한 사람은 이사를
했고 작은애가 빨리 자지 않아 짜증이 났고 큰애더러 넌 왜
얼굴이 큰 거냐고 면박을 주었고 티브이에 연예인이 나오
는 것을 보았고 친구의 아내를 유혹하던 놈이 잘나가는 것
이 배가 아팠고 화장실에 갔고 배가 고팠고 끝끝내 밥이 먹
기 싫었고.

  * 빵을 사러 나갈 때마다 망설여진다. 좀 맛없는 빵을 먹
더라도 친절한 집으로 갈 것인지 맛있는 빵을 먹기 위해 불
친절을 감수할 것인지 헷갈리기 때문이다. 그까짓 내게 불
친절한 것쯤 무시하고 맛있는 빵을 냠냠 먹으면 그만일 텐
데 불친절한 그놈의 상판대기를 본 날은 틀림없이 빵 맛이
달아나 버리니 그것이 문제인 것이다. 빵만큼은 아무래도
맛있는 빵을 먹고 싶은데 말이다.

  * 나는 그녀가 넌더리가 난다. 그녀의 한 번도 실천한 적
이 없는 휴가 계획을 듣는 것에, 도움 되는 일은 쥐뿔도 없
으면서 되지 못한 과시나 하려 드는 것에, 한 번도 자신을
희생하는 일은 없으면서 잘난 척은 구역질 나게 하는 것에.
하지만 그녀의 모습은 일부분 지난날 내 미운 모습의 초상

이므로 나는 진정으로 그녀를 미워하지는 못한다. 나는 벌써 그녀를 용서했다. 나를 용서하듯이…

* 밤비 오는 소리가 조용하다. 조용히 비가 온다, 촉촉이 집들을 적신다. 마치 속삭이는 듯이, 나직나직 말 거는 듯이. 비 오는 밤이면 거리를 헤매던 미친듯한 청춘은 지나갔다. 지금은 비 오는 창밖을 가만히 응시하며 창 안에 있는 것에 감사하고 있다. 저 비를 맞으면 쓸쓸함이 지나쳐 비애가 될 것이다.

* 머리로 하는 것이 말로 하는 대화라면 Sex는 몸으로 하는 대화이다. 몸으로 하는 대화라도 정신적인 대화가 없는 Sex는 무의미하다.

* 너무 친숙하면 경멸을 부른다는 서양 속담에 딱 맞아 떨어지는 일을 경험했다. 경멸로 갚은 호의라고나 할까. 글쎄, 왕년의 나도 그런 실수를 했겠지, 라고 생각하면 약간 위로가 된다.

* 아는 후배가 일로 상처를 받았다. 장강의 뒤 물결이 앞

물결을 밀어낸다는 고사성어를 말해주었다. 쓴웃음으로 납득하는 눈치였다. 양지가 음지 되고 음지가 양지 되고도 말해주려다 말았다.

 * 하루 종일 누워있었다. 혈압이 오르지 않았다. 누우면 잠이 들고 알 수 없는 꿈들이 지나갔다. 도무지 기억할 수 없는 꿈들이었다. 당연히 밤에는 잠이 오지 않았다. 밤늦게 쓰레기를 버리러 나가보니 반달이 다정하게 걸려있었다. 둥그런 쪽은 선명한데 잘린 쪽이 물기를 머금어 번져있는 달이었다. 다른 쪽 하늘에는 별들이 점점이 박혀있었다. 대기가 차가웠다. 집 안으로 들어와 스웨터를 걸치고 옥상으로 올라갔다, 옥상에 서서 동서남북을 따져보았다. 하늘을 보면 방향을 따지는 버릇이 있었다. 조그만 별들이나 여기 있소 하고 반짝거렸다. 왠지 이유가 있을 것만 같은 반짝임이었다. 비행기가 별들을 매달고 지나갔다. 밤이 깊어도 잠이 오지 않았다. 잠들었던 새들이 깨어나도록 뒤척였다. 맑고 영롱한 소리였다. 믿을 수 없으리만치 가볍고 투명했다. 영혼의 잠을 깨우는 소리라고 믿고 싶었다.

 * 전 세계 땅덩어리를 다 준다고 해도 바꾸지 않을 내 사

랑하는 아들, 양만이 보거라. 너와 너의 어머니를 생각하면 내 마음이 천 갈래 만 갈래로 찢어지는 것 같구나. 너를 키워주지 못한 이 아버지를 용서해다오. 97년 사망한 장기수 진태윤 씨가 북에 두고 온 아들에게 쓴 편지를 보고 엉엉 소리를 내가며 울었다. 진 할아버지는 26년간 옥살이를 하고 나와 혼자 살면서 허드렛일로 모은 전 재산 3천 4백여만 원을 아들에게 물려주고 싶다는 유언을 남겼다. 진 할아버지의 진심이 북의 하늘을 날아서 아들의 가슴을 관통하고 갔을 것이다. 가족의 생이별처럼 슬픈 건 없나 보다.

　* 아침에 아이 학교에 가다가 차에 치여 죽은 새를 보았다. 보잘것없는 작은 새지만 생명이 저리도 갈기갈기 찢긴 것을 보니 가슴이 아팠다. 무감동에서 깨어나 하찮은 작은 생명도 사랑하면서 살고 싶다. 파리 모기 빼고.

　* 주여, 싸움을 일으키는 자가 되지 말게 하시고 화평케 하는 자가 되게 하소서.
　이제야 겨우 화평케 하는 자가 의미하는 바가 무엇인지 깨닫는다. 그것은 자기희생이며 절제의 극치다.

* 오늘 본 호수가 제일 아름다웠다. 똑같은 호수가 그렇게 달라 보인 것은 아마도 각도 때문이었을 것이다. 역시 똑같은 사람이라도 보는 각도에 따라서 평가가 달라진다. 함부로 사람을 판단하지 말아야겠다는 다짐을 다시 해본다.

* 시원하게 빗줄기가 쏟아진다. 밤새 내릴 비인지 천둥소리가 요란했다. 둘째가 시끄럽다고 귀를 막는 시늉을 했다. 내가 그 아이만 했을 때는 시끄럽다고 하지 않고 무섭다고 했다.

* 저녁 준비를 하는데 아이를 데리고 수혜 씨가 왔다. 내가 큰 목소리로 반기자 연찬이가 울었다. 항상 조용한 제 엄마 목소리만 듣다가 놀란 것 같았다. 무안했다.

* 옆집 할머니가 아프다. 엄살 가득한 노인네가 귀여워서 얼굴을 가리고 웃었다. 늙으면 죽음에 대해 본능적인 공포심을 갖게 되는 것 같다. 어찌해 볼 수 없는 생명 가진 것들의 애처로움.

묵은 일기장 4

* 옷걸이에서 떨어지는 옷처럼 마냥 주저앉고 싶었다. 황지우의 시 가운데 훔치고 싶은 표현이다. 눈물처럼 떨어지는 동전, 이것은 이성복의 시에서 읽은 것인데 역시 좋다.

* C 때문에 마음이 산란하다. 그녀가 분쟁을 일으킨 이유는 모두 돈 문제와 관련이 있다. 나도 종종 아주 적은 돈이라는 괴물 때문에 마음이 괴로울 때가 있다.

* 이것은 무엇인가. 내 속눈썹 사이에 아무도 모르게 맺히는 물방울이란 놈은. 밤 한 시와 두 시 사이 슬그머니 찾아온 이놈은. 덧문까지 내린 완벽한 어둠 속에서 가만히 복병처럼 나타난 너는. 이처럼 서늘한 너는 대체 무엇인가.

* 허벅지에 입은 동전만 한 화상이 잘 낫지 않는다. 처음에 물집이 부풀어 올랐을 때 건드리는 게 아니었다. 상처는 건드리면 잘 낫지 않는다.

* 오래간만에 동생과 전화했다. 끊고 나서 좀 울었다. 별로 행복하지 않은 것 같아서.

* 주부는 집안일이 널려있으면 스트레스를 받는다. 할 일은 많은데 고작 설거지와 빨래 널기, 당근 주스 만들기. 약간의 채소 다듬기를 하고 낮잠을 잤다. 오늘 더 해야 한다고 생각한 일은 청소기 돌리기, 화장실 청소. 침대 시트 갈기, 물건 제자리 놓기, 다림질, 샤워하기 등등이었다. 하녀가 따로 없다.

* 얼마나 많은 아이들이 단지 관습이나 의무, 또는 쾌락 때문에 태어나는 것일까. 만약에 오로지 사랑 때문에 생기는 아이만 태어난다면 지구의 인구는 얼마로 줄어들까. 그렇게 된다면 지구는 태어나는 아이가 너무 적어 황폐해질지도 모른다. 어떤 이유로 태어나든지 아이들은 아무런 표식 없이 태어나고 그것은 무척이나 다행한 일이다.

* 한글학교에서 한글맞춤법에 대한 강의가 있었다. 내게 무척 유익한 시간이 될 거라고 갔는데 참석자가 달랑 나 한 사람뿐이었다. 괜스레 잘난척하는 꼴이 되었다.

* "매디슨 카운티의 다리"를 다시 읽었다. 좀 울었다. 처음 읽었을 때는 울지 않았던 것 같다. 평생을 하루도 그를

생각하지 않은 날이 없다고 그녀는 말했다. 눈물 나는 말이었다.

　* 인생에 있어 어느 한 시절 잘 살았다고 생각하면 그것으로 족하다. 마지막이 무에 그리 중요한가 늙으면 아무것도 소용없다. 허망한 것이 인생이다. 인생의 최고의 가치는 젊음에 있다. 이렇게 생각하는 사람이 있고 젊음을 아무리 화려하게 보냈다고 하더라도 인생의 마지막이 초라하면 비참할 것이다. 지금부터 20년을 고생을 하더라도 마지막 일 년을 잘 살고 싶다. 이렇게 생각하는 사람도 있다. 나는 후자다.

　* 장기려 선생의 부인이 꿈에도 그리던 장남을 만나 이게 꿈이요, 생시요. 존댓말로 아들을 맞았다는 빛바랜 기사가 나를 울린다. 억장이 무너지는 가운데서도 품위와 기품을 지킨 85세 노모가 한없이 나를 울리는 것이다.

　* 단순하다는 것이 미덕임에는 틀림없으나 단순한 사람을 좋아하기에 나는 너무 복잡하다. 인간은 원래 복잡해야 정상이다. 그것은 우리 머릿속에 가지고 다니는 꼬불꼬불

한 뇌를 보기만 해도 알 수 있는 일이다.

 * 돈은 쓰지 않으면 모인다. 그러나 세상적인 많은 욕구를 억눌러야 한다는 건 사제에게나 어울리는 일이다. 그리고 당연히 나는 사제가 아니다.

 * 시를 쓴다는 것은, 시심이라는 것은 끊임없이 사색하고 생각할 때 아주 적은 분량의 생각 한 움큼을 얻는 것인데 요즘은 아무 생각도 안 떠오르고 그냥 무의미하게 시간이 흘러가고 흘러가는 시간을 망연히 쳐다보는 또 다른 내가 느껴질 뿐.

 * 서영은이 손소희를 어떻게 물리치고 김동리와 연애를 했나, 그런 책을 보았다. 서영은 자전 에세이였다.

 * L에게 어쭙잖은 충고를 잔뜩 해주었다. 애를 좀 내버려 두라고. 방이 좀 지저분하면 어떠냐고. 시시콜콜한 잔소릴랑 그만두라고. 애가 집을 감옥으로 여겨서야 되겠느냐고. 이기지 못할 싸움일랑 그만두라고. 부모나 아이 중 어느 한쪽이 긴장을 풀어야 한다면 그건 부모의 몫이 될 수밖에 없다.

* 영화 '퀸'을 보았다. 다이애나가 교통사고로 죽은 이후의 영국 왕실의 반응과 여왕의 고뇌를 주제로 만든 영화였다. 여왕의 우아한 몸가짐과 어떤 상황에서도 자신을 절제하는 모습도 특별했지만 왕실의 며느리였던 다이애나가 그야말로 스캔들 속에서 비명횡사한 날도 충격을 지그시 누르며 일기를 쓰던 모습이 내겐 가장 인상적이었다. 일기란 그런 것이다. 하루도 빼놓지 않고 써야만이 가치가 있는 것이다. 이제 잊지 않으리라. 비록 하찮은 기록에 불과할 뿐이지만 일기를 쓰기로 작정한 이상 빼먹지 않고 쓸 것이다. 하다못해 내가 얼마나 형편없는 일상을 살았는지 내 일기는 증언해 줄지도 모른다. 그렇게 되지 않도록 안간힘을 써야 하리라.

* 아침에 눈 뜨자마자 처음 듣는 소리는 커피 마실래? 였으면 좋겠다.

* 오늘부터 설탕이 들어간 음료는 마시지 않기로 했다. 지금까지 많이도 마셨으니 그리 아쉬울 건 없다. 커피는 프림과 설탕을 빼면 될 것이고 물과 녹차는 괜찮을 것이라는 게 그나마 위안이 된다. 실천하기 위해 아이들에게 이야기

했다. 쑤이가 3일도 못 갈 것이라고 해서 어길 때마다 10유로씩 주기로 했다. 말이 난 김에 이제부터 엄마가 고상하게 살기로 했으니 소리를 지르는 일 같은 건 없을 것이라고 했더니 아마도 그건 두 시간을 넘기기 힘들 걸요 한다. 그건 1유로를 걸기에도 자신이 없는 일이긴 했다. 초콜릿이나 단 것이 먹고 싶을 때마다 그런 건 지금껏 많이 먹어본 것이니 안 먹어도 된다고 자신을 타이르는데 사람은 자신이 먹어본 것을 먹고 싶어 하지 먹어보지 않은 것을 먹고 싶어 한다는 말은 들어보지 못했다.

* 예전엔 자기 전에 행복해지는 상상을 많이 했는데 지금은 그런 것조차 귀찮다. 그저 아무 생각 없이 잠들려고 노력하다가 잠이 든다. 그렇게 그다음 날이 되는 것이다. 똑같은 날이 다시 시작되는 것이다. 아무렇지도 않게.

* "세광 어린이 바이엘"을 소일 삼아 딩동거렸다. 멜로디 위주로 치니 재미있었다. 재미는 있지만 아무리 쉬운 곡도 틀리지 않고는 치지 못했다. 블로그의 닥터 리사가 생각났다. 머리가 좋은 사람들은 무엇을 해도 조금만 연습하면 그럴듯하게 해낸다. 난 무엇을 해도 제대로 해내지 못한다.

내가 자신감을 보일 때는 내 열등감을 감추기 위해서일 때가 많다.

* 어젯밤 꿈이다. 참으로 또렷한 꿈이었다. 우린 모두 산에 오르려고 하고 있었으며 그 산은 내가 가끔씩 꿈에 다니는 그런 산이며 현실에서는 있는지 없는지 모르는 산이다. 갑자기 내 앞에 하얀 공이 또르르 굴러갔고 나는 그것을 꼭 잡아야 했다. 내가 달려간 순간 다른 사람이 그 공을 잡으려 했고 내가 놓친 순간 다른 사람도 놓치는 바람에 내게 다시 기회가 왔다. 그러나 내가 잡으려고만 하면 그 공은 살짝 내 손을 벗어나는 것이었다. 꿈에서도 내가 그 공을 잡기만 하면 나는 소원이 이루어지리라는 것을 알았다. 하지만 어떤 소원인지는 나도 몰랐으며 지금도 모른다. 내가 바라고 꿈꾸는 소원이란 과연 무엇일까. 아직도 이토록 불확실하고 불투명한 삶을 살고 있다니 어이가 없다.

이 모든 일의 발단은 "세이노의 가르침"에서 시작되었다
고 해도 과언이 아니다.

어느 날 친구가 "세이노의 가르침"이라는 책에 나의 시가
인용되었다고 말해주었다.

그것 말고도 인터넷에 내 시가 많이 돌아다닌다고 친구가
말했다.

시집을 내지 그러니, 친구의 말이었다. 나는 그냥 웃어넘
겼는데 딸이 "세이노의 가르침"이란 책을 샀다고 하였다.

나는 깜짝 놀랐다. 내 시가 실린 걸 아이들에게 보여주려
고 샀다는 게 딸의 말이었다.

그러자 생각지도 않게 내 속에서 욕망이 들끓기 시작했다.
시집을 한번 내볼까 하는 생각이 들기 시작한 것이다.

나는 급하게 예전 조선 블로그에 있던 나의 시들을 찾아내
었다.

그동안 까마득히 잊고 있었던 시들이었다. 나는 마음이 급해서 단 삼 일 만에 나의 모든 시를 찾아내어 정리하고 일사천리로 출판사를 찾아 원고를 보내기까지 딱 열흘이 걸렸다.

내 속의 나도 모르던 에너지가 폭발한 것이다.

나에게 처음 "세이노의 가르침"에서 내 시를 봤다고 말해 준 친구에게 진심으로 감사한다.

그 친구에게 아무것도 모르고 "세이노의 가르침"이란 책을 선물한 친구의 친구에게도 감사한다.

시집을 내라고 격려하고 용기를 준 것도 그 친구였다.

작은 말 한마디, 작은 꼬투리 하나가 나를 책을 낸 시인으로 만들어 주었다.

세상일은 신비하기 그지없다.

이제부터 정말 시를 많이 읽고 많이 쓰고 벨벳 같은 여자로 다시 태어날 생각이다.

사
포

같
은

여
자

초판 1쇄 발행 2024. 5. 31.

지은이 손영란
펴낸이 김병호
펴낸곳 주식회사 바른북스

편집진행 김재영
디자인 양현경

등록 2019년 4월 3일 제2019-000040호
주소 서울시 성동구 연무장5길 9-16, 301호 (성수동2가, 블루스톤타워)
대표전화 070-7857-9719 | **경영지원** 02-3409-9719 | **팩스** 070-7610-9820

•바른북스는 여러분의 다양한 아이디어와 원고 투고를 설레는 마음으로 기다리고 있습니다.

이메일 barunbooks21@naver.com | **원고투고** barunbooks21@naver.com
홈페이지 www.barunbooks.com | **공식 블로그** blog.naver.com/barunbooks7
공식 포스트 post.naver.com/barunbooks7 | **페이스북** facebook.com/barunbooks7

ⓒ 손영란, 2024
ISBN 979-11-7263-002-7 03810